Welche Mauer eigentlich?

Welche Mauer eigentlich?

Texte zu 1989 und 1990

Herausgegeben von
Falko Hennig und Alessandra Schio

be.bra verlag

 Mehr Informationen im Internet.

Bibliografische Information der Deutschen Nationalbibliothek
Die Deutsche Nationalbibliothek verzeichnet diese Publikation in der
Deutschen Nationalbibliografie; detaillierte bibliografische Daten sind
im Internet über http://dnb.d-nb.de abrufbar.

Alle Rechte vorbehalten.
Dieses Werk, einschließlich aller seiner Teile, ist urheberrechtlich
geschützt. Jede Verwertung außerhalb der engen Grenzen des Urheberrechtsgesetzes ist ohne Zustimmung des Verlages unzulässig und
strafbar. Das gilt insbesondere für Vervielfältigungen, Übersetzungen,
Mikroverfilmungen, Verfilmungen und die Einspeicherung und Verarbeitung auf DVDs, CD-ROMs, CDs, Videos, in weiteren elektronischen
Systemen sowie für Internet-Plattformen.

© be.bra verlag GmbH
Berlin-Brandenburg, 2014
KulturBrauerei Haus 2
Schönhauser Allee 37, 10435 Berlin
post@bebraverlag.de
Lektorat: Marijke Topp, Berlin
Umschlag: Fernkopie, Berlin, unter Verwendung eines Fotos von
picture alliance/AP
Satz: typegerecht, Berlin
Schrift: Kepler 10,5/13,5 pt
Druck und Bindung: GGP Media GmbH, Pößneck
ISBN 978-3-89809-118-3

www.bebraverlag.de

Inhalt

Vorwort 7
Falko Hennig & Alessandra Schio

Ein Brief an Sara, New York 9
Christoph Hein

Montag 27
Marlen Pelny

2006 35
Thomas Brussig

10. November 1989, Köln 43
Daniela Böhle

Hinreichend wiedervereinigt 47
Frank Sorge

Kreislauf der Zeit 53
Falko Hennig

»Wer jetzt schläft, ist tot« 65
Uli Hannemann

Zwanzig Jahre, vergangen wie drei   69
Udo Tiffert

Der Nachtschrank   73
Kirsten Fuchs

Blau war meine Lieblingsfarbe   87
Jakob Hein

Überlegungen zu Lutz Bertram   97
Manfred Maurenbrecher

Mein 9. November   105
Jochen Schmidt

9. November 1989   127
David Wagner

Nach Westen im Traum   129
Annett Gröschner

Über die Autoren und Herausgeber   135

Vorwort

Ist dieses Buch dokumentarisch? Nein. Ist es Fiktion oder Belletristik? Auch nicht. Die Autoren hatten bei ihren Texten zum Mauerfall alle Freiheiten, um genau jene Mischung der Genres zu erhalten, die in diesem Buch versammelt ist.

Beim Blick auf die Weltkarte oder in die Nachrichten stellen wir fest, dass fast jede geografische Gegend von Grenzkonflikten betroffen ist. Fasst man den Begriff »Mauer« weiter für Grenzbefestigungen, die verhindern sollen, dass Menschen sie überwinden, findet man Mauern im heutigen Europa beispielsweise in Spanien, Italien, Griechenland und der Türkei. Dort versuchen Regierungen, den Übertritt bestimmter Flüchtlinge zu verhindern. Auf dem Globus finden wir Mauern zwischen Mexiko und den USA, zwischen Israel und dem Westjordanland, zwischen Ceuta, Melilla. Grenzkonflikte gibt es zwischen der Westsahara und Marokko, zwischen Indien, Pakistan und Afghanistan, zwischen Usbekistan und Tadschikistan, zwischen Zimbabwe und Botswana, zwischen Thailand und Malaysia, zwischen den Vereinigten Arabischen Emiraten und Oman, zwischen Irak und Kuweit. Die Liste lässt sich beliebig fortsetzen.

Welche Gemeinsamkeiten und Unterschiede diese Konflikte mit der deutsch-deutschen Situation von 1989 und

1990 haben, kann man hier nachlesen. Wir sind überzeugt, dass niemand gezwungen ist, geschichtliche Fehler zu wiederholen. Auch fremde Erfahrungen lassen sich nutzen.

Homogen sollte dieses Buch nicht werden, sondern neben dem allgemeinen Leben auch das individuelle in seiner Besonderheit abbilden. Die Unterschiede in der Form sind willkommen, Lesebühnenliteratur steht gleichberechtigt neben dokumentarischen oder experimentellen Texten.

Zwei der Ziele, mit denen diese Anthologie konzipiert wurde, sind nicht erreicht. Es sollten je zur Hälfte Männer und Frauen und je zur Hälfte Ost- und West-Autoren versammelt sein. Tatsächlich steht neben den fünf Autorinnen und Autoren aus »Westdeutschland«, der »Bundesrepublik«, »Westberlin« beziehungsweise »Berlin (West)« eine ostdeutsche Mehrheit.

Nachdem die Bundeskanzlerin eine Ostdeutsche ist, der Bundespräsident aus der DDR stammt und sogar die »Dschungelkönigin« 2014 aus den »neuen Bundesländern« stammt, nun also auch noch das: Eine Anthologie zum vereinigten Deutschland mit einer DDR-Mehrheit. Doch ist dieses Ungleichgewicht berechtigt, denn von sehr vielen westdeutsch geprägten Schriftstellern bekamen wir die Versicherung, sie könnten zu diesem Thema nichts Substantielles beitragen. Wir fanden gerade die Texte der »Wessis« vielsagend, zeigen sie doch, wie wenig Änderungen im Westen erhofft wurden und wie gleichgültig, besonders den nach 1960 Geborenen, eine Wiedervereinigung oder auch nur der Mauerfall war.

Falko Hennig und Alessandra Schio, Berlin, 2014

Ein Brief an Sara, New York

von Christoph Hein

Donnerstagabend, 9. November 1989
Am Abend bin ich mit meiner Frau bei meinem Verleger. Wir haben eigentlich über zwei Bücher von mir zu sprechen, die demnächst erscheinen sollen, einen Essayband und eine Vorzugsausgabe mit neuen Erzählungen und mit Illustrationen. Tatsächlich aber bestimmen die Veränderungen in der DDR unser Gespräch, die Demonstrationen in Leipzig und die vom 4. November in Berlin, die Wende in der Politik der bisher führenden Staatspartei, die neu entstehenden Parteien und das tragikomische Schauspiel, das die Opportunisten nun bieten, die sich natürlich wieder bemühen, in den ersten Waggon des abgefahrenen Zuges zu springen.

Um Mitternacht gehen wir nach Hause. Es ist kein Taxi zu bekommen, selbst keins der Schwarztaxis, die sonst um diese Zeit immer zu haben sind. Wir müssen mit der Straßenbahn fahren. Eine aufgeregte Frau will mehrmals aussteigen, bemerkt aber offenbar in letzter Sekunde ihren Irrtum und steigt immer wieder ein. Ich frage, ob ich helfen kann, da sie sich wohl in der Stadt nicht auskennt. Ich muß meine Schwägerin wecken, erwidert sie mir begeistert, mein Bruder ist drüben, das heißt Westdeutschland oder Westberlin. Ich verstehe ihre Antwort nicht, die Frau erscheint mir verwirrt. Ich setze mich auf die Bank, und wir beobachten sie weiter, denn man weiß ja nie, was so eine Verrückte anstellt.

Daheim schalte ich den Fernseher ein, um die Spätnachrichten zu sehen. Auf allen Kanälen ist ein Volksfest zu sehen, offenbar in Westberlin. Auch die DDR-Medien berichten darüber. Die Reporter halten den jubelnden Leuten ihre großen Mikrofone vor und fragen sie nach ihrem Eindruck, nach ihrer Meinung. Fast jeder sagt nur »Wahnsinn« und winkt dann begeistert in die Kamera oder prostet einem ihm offenbar völlig Unbekannten mit einer Sektflasche zu.

Die Mauer wurde geöffnet. Eine der unüberwindlichsten Grenzen in Europa wurde zum Tanzboden der Deutschen.

So einfach war die Lösung, und so schwer war es, sie endlich durchzusetzen. Die Massenflucht, die Verzweiflung, die Trennung, alles ist schlagartig beendet. Nun wird wohl kaum einer mehr das Land verlassen, denke ich, während ich ein paar Sekunden auf dem Fernseher das Fest betrachte.

Die Mauer muß weg, schreit einer in die Kamera. Warum denn? rufen andere belustigt.

Vermutlich wird der Minister für Touristik darauf beharren, daß der größte Teil der Mauer stehenbleibt und gut konserviert wird. Der Staat braucht Devisen, und die Berliner Mauer könnte künftig mit dem Münchner Hofbräuhaus um die amerikanischen Touristen konkurrieren. Für zwanzig Dollar ein Spaziergang auf der Mauer, begleitet von Dolmetschern in originalen Grenzeruniformen und mit täuschend ähnlichen Waffenattrappen.

Es gab Tote an dieser Mauer. Um unserer Zukunft willen dürfen wir sie nicht vergessen.

Beim Zubettgehen denke ich an die Frau in der Straßenbahn. Sie war nicht verrückt, wie ich glaubte. Sie konnte, wie wohl jeder Berliner, nicht so schnell die neue Situation verarbeiten. Der fröhliche Ruf »Wahnsinn« ist eine genaue Analyse des Augenblicks.

Freitag, 10. November
Die Tageszeitungen berichten nur knapp von einer neuen Reiseregelung. Rundfunk und Fernsehen zeigen ununterbrochen Hunderttausende von DDR-Besuchern, die Westberlin und die grenznahen Orte Westdeutschlands überfluten. In der ganzen Stadt gibt es nur noch ein Gesprächsthema. Die Straßen und Geschäfte in Ostberlin wirken wie ausgestorben. In der freitags sonst überfüllten Kaufhalle frage ich eine Verkäuferin, ob das heute den ganzen Tag so ruhig bleiben wird. Nein, sagt sie, kann nicht sein, die Leute müssen sich ja was zu essen kaufen, die hundert Mark West reichen dafür nicht.

Die Bürger aus der DDR erhalten in Westberlin und Westdeutschland ein »Begrüßungsgeld« in Höhe von hundert DM pro Jahr. Vor den auszahlenden Banken gibt es lange Schlangen. Die DDR-Währung ist nicht konvertierbar, eine Binnenwährung, die auf dem schwarzen Markt derzeit in einem Verhältnis von 1:10 getauscht wird. Um einen Betrag zu tauschen, für den ein westdeutscher Arbeiter eine Stunde arbeitet, muß ein DDR-Arbeiter etwa 30 Stunden arbeiten. Andererseits kann ein Westdeutscher für einen (westdeutschen) Pfennig sich im Osten zwei Brötchen kaufen, für die er daheim 90 Pfennig zahlen müßte.

Das Wirtschafts- und Währungsgefälle nutzten bislang

vor allem die Angehörigen der westlichen Besatzungsmächte. US-Soldaten können sich für einen einzigen umgetauschten Dollar in den besten Restaurants ein ganzes Menü bestellen. Und zum Ärger der Ostberliner ziehen sie danach am Abend mit den extrem preiswert eingekauften Waren in riesigen Paketen aus Ostberlin wieder in ihre Westberliner Kaserne.

Am Tage nach der Maueröffnung sind die ersten besorgten Stimmen zu hören, die den wirtschaftlichen Kollaps der DDR befürchten. Gesetze können nicht alles regeln. Der grelle Unterschied in der Wirtschaft, dem Konsumangebot und in der Währung wird wieder eine bedrohliche Gefahr für das Land und den Staat. Der Mauerbau 1961 sollte damals die Flucht, aber auch die Gefährdung für die Wirtschaft beenden. 1989 muß dieses Problem anders gelöst werden, ganz anders. Die Gefahr des wirtschaftlichen Kollapses droht jedoch wieder, und damit droht auch die Gefahr einer zwar notwendigen, aber gewaltsamen Lösung.

Das Problem: die Regierung hat es 28 Jahre lang (die 28 Jahre, die die Berliner Mauer stand) versäumt, dafür etwas zu tun. Selbst wenn die Regierung keinen anderen Fehler machte, allein dafür müßte sie wegen schwerer Wirtschaftssabotage angeklagt werden.

Am Abend ruft mich eine Schauspielerin an. Auf der Post erlebte sie, wie eine Frau den Schalterraum betrat und die Beamten hinter dem Schalter mit Handschlag begrüßte. Ich habe heute gekündigt, sagte sie, ich habe heute vormittag vier Stunden in Westberlin gearbeitet und dafür 50 DM bekommen, umgetauscht sind das 500 Ost-Mark. Ihre ehemaligen Kolleginnen hinter dem Schalter schwiegen verbittert. 500 Ost-Mark, das ist fast ihr

Monatslohn. Die Freiheit hat ihren Preis. Die Freiheit in Deutsch-Deutschland ist noch teurer, zumindest für die östliche Seite.

Sonnabend, 11. November
Ein junges Mädchen besucht mich, die bei den brutalen Übergriffen der staatlichen Sicherheitskräfte (Polizei und Staatssicherheit) zwischen dem 7. und 9. Oktober besonders empörenden Erniedrigungen ausgesetzt war. Sie will das Land für immer verlassen. Ich versuche, sie zu überreden, jetzt nicht mehr zu gehen, und ich verspreche ihr meine Hilfe. Auf der Treppe gibt sie mir die Hand. Ich werde es mir überlegen, sagt sie, seien Sie mir nicht böse, wenn ich trotzdem gehe. Ich werde nicht böse sein, aber traurig, sage ich.

Am Nachmittag fahren wir auf unser Dorf, für ein paar Stunden, um etwas auszuruhen. Aber auch dort muß ich Fragen beantworten, weil ich aus der Hauptstadt komme, weil ich auf der großen Demonstration gesprochen habe, weil man hofft, daß ich etwas mehr weiß. Einige, sehr wenigen Bauern haben sich auch auf den Weg gemacht, um den Westen zu besuchen. Für die meisten gibt es Wichtigeres: Das Vieh muß zweimal am Tag gefüttert werden, auf dem Land herrschen andere Gesetze.

Sonntag, 12. November
Georg, mein ältester Sohn, hat mit seiner Freundin Galerien und Kunstausstellungen in Westberlin besucht. Überall wurde er freundlich begrüßt, als man feststellte, daß er

»Ossi« (ostdeutscher Bürger) sei. Die Museen und Galerien sind leer, erzählt er mir, die DDR-Bürger fluten nur durch die Geschäfte.

Der jüngere Sohn, Jakob, wollte zuerst einige Tage mit seinem ersten Besuch in Westberlin warten. Das alles übersteigende Gedränge war ihm zuwider. Mit achtzehn Jahren ist man noch Aristokrat.

Am Abend läßt er sich doch noch von Freunden überreden, sie besuchen gemeinsam eine für die in ihr auftretenden Bands berühmte Gaststätte in Westberlin.

Zurückgekehrt, erzählte er mir, er habe die Besitzerin gefragt, ob er und seine Band nicht bei ihr einen Probenraum bekommen könnten. Kostenlos natürlich, denn als Ostberliner fehle ihnen die nötige »Kohle«, und Probenräume seien auch in Ostberlin knapp. Immerhin, offeriert er ihr, Sie wären dann die erste Westkneipe mit einer Ostband. Die Besitzerin ist fassungslos, verspricht aber, darüber nachzudenken. Wenn's irgendwie geht, sagt sie, dann gehört euch der Probenraum, denn so viel Frechheit muß ja belohnt werden.

Das Telefon klingelt ununterbrochen, Radio, Zeitung und TV rund um die Welt. Da ich jeden Tag mehrere Termine habe, muß ich überall absagen.

Montag, 13. November
Die DDR-Zeitungen, neuerdings ab sieben Uhr morgens überall ausverkauft, drängen auf Interviews, mehrere Verlage verlangen jetzt Manuskripte. In den vergangenen Jahren ließen sie mich in Ruhe arbeiten. Eine kostbare Ruhe ist dahin.

Am ersten Wochenende mit geöffneter Grenze waren eine Million DDR-Bürger im Westen. Ein Verkehrschaos überall, die Autos stauten sich den ganzen Tag über auf einer Länge von dreißig bis sechzig Kilometer, nur die Fußgänger kamen voran.

Dienstag, 14. November
Früh ein Treffen im Zeitweiligen Untersuchungsausschuß, der die Ausschreitungen und Gesetzesverstöße der staatlichen Sicherheitskräfte (vor allem Polizei und Staatssicherheit) in Berlin an den Tagen um den 7. Oktober zu untersuchen hat. Die Geschäftsordnung ist zu überarbeiten. Wir müssen beständig die Gesetzgebung anderer Länder zu Rate ziehen, denn einen unabhängigen Untersuchungsausschuß kannte unser Land bisher nicht.

Am Brandenburger Tor stehen seit ein paar Tagen mehrere Fernsehteams aus verschiedenen Ländern. Das Gerücht, die Mauer wird in wenigen Stunden auch an diesem berühmten Tor geöffnet, wird zwar beständig dementiert, aber die Teams bleiben vor Ort, Tag und Nacht. Da man nicht beständig nur das Tor und die unveränderte Mauer zeigen kann, sucht man nach Gesprächspartnern. Meine Familie übernimmt den Telefondienst, meldet also »Nein, er ist nicht da«.

Jakob läßt sich zu einem Gespräch überreden. ABC will ihn am nächsten Tag mit dem Auto aus der Schule abholen lassen, um ihn für ein Interview vors Brandenburger Tor zu stellen.

Mittwoch, 15. November
Der Untersuchungsausschuß tagt zum dritten Mal. Die Zusammensetzung der Mitglieder war anfangs stark umstritten, da mehrere Mitglieder des Ausschusses keine Vertreter der beteiligten und verantwortlichen Organe an den Tisch haben wollten. Zwei Polizeioffiziere mußten den Ausschuß verlassen.

Der Generalstaatsanwalt von Berlin war in der vorigen Woche geladen. Seine Ausführungen und Antworten waren derart unbefriedigend, daß der Ausschuß seine Anhörung abbrach, ihm eine Viertelstunde lang Fragen stellte, die er sich zu notieren hatte, um diese bei einem neuen Termin der Vorladung zu beantworten.

Heute ist der Polizeipräsident von Berlin vorgeladen und der Chef der Berliner Staatssicherheit.

Der Polizeipräsident gibt einen Überblick über den Ablauf der Ereignisse und die vorbereitenden Maßnahmen. Er verliest vor der Kommission die geheimen Befehle. In der Befragung erweist er sich als aufgeschlossen und kooperativ.

Völlig anders der Berliner Chef der Staatssicherheit, ein Generalmajor Hähnel. Wir brechen seine Befragung ab und nennen ihm einen Termin, an dem er wieder vor uns zu erscheinen hat. Die ungewöhnliche, völlig neue Situation macht ihm offensichtlich schwer zu schaffen: Es ist die erste öffentliche Befragung, die er zu seiner Tätigkeit erlebt. Ertragen muß. Polizei und Staatssicherheit kannten bisher keinerlei öffentliche Kontrolle, und diese setzt ausgerechnet in einem Moment ein, wo die Sicherheitskräfte in einem erheblichen und bisher unvorstellbaren Maß Gesetze verletzen.

Am späten Nachmittag wird der Kommission noch ein illegaler Tonbandmitschnitt aus einer Tagung der SED-Fraktion in der Volkskammer vorgespielt. Ein Spitzenfunktionär der Partei, Schabowski, spricht darüber, wie bei den Ausschreitungen seitens der Sicherheitskräfte schnellstens zu einem klärenden Abschluß zu kommen sei. Es gibt mißverständliche, interpretierbare Aussagen. Der Stadtrat für Inneres bittet ihn, in den Ausschuß zu kommen. Einige Minuten später ist er zu unserer Überraschung da und gibt eine uns alle befriedigende Erklärung ab. Wir verlangen eine Erweiterung unserer Kompetenz, die nur die Volkskammer gewähren kann. Und wir bitten um seine Vermittlung, daß auch Mitglieder des Nationalen Verteidigungsrates vor uns aussagen, da wir jetzt Beweise haben, daß das Vorgehen der Sicherheitskräfte auf eine – inzwischen als falsch eingeschätzte – Lagebeurteilung der Regierung zurückzuführen ist.

Jakob hat sein Interview für das Frühstücksfernsehen von ABC beendet. Er hat, sagt er, dem frühstückenden Amerika den Unterschied zwischen der DDR und China erklärt, ihnen mitgeteilt, warum es bei uns keine chinesische Lösung geben konnte. Er ist stolz, weil das Team ihm anschließend begeistert gratulierte. Man hatte ihn gefragt, ob er Angst hatte, daß ihm der Kopfhörer aus dem Ohr fällt, da er während des Interviews eine Hand am Ohr hielt. O nein, habe er geantwortet, aber ich dachte, es sieht professionell aus. Wieder erntet er lärmende Zustimmung. Na ja, sagt er zu mir, was soll man während eines Interviews sonst mit den Händen machen.

Sein Schuldirektor hatte ihm für das Interview in Westberlin freigegeben und nur gesagt: Machen Sie's gut, Jakob.

Vor drei Jahren wurde mein älterer Sohn in dieser Schule für einen Wandzeitungsartikel bestraft. Er war aufgrund seiner außerordentlichen Leistungen für ein Mathematikstudium in Moskau nominiert. Das Auslandsstudium wurde ihm gestrichen, weil er in jenem Artikel das Auftrittsverbot einer Band kritisierte.

Vor einem Jahr hatte ich mich für fünf Schüler der Ossietzky-Schule eingesetzt, die ihre Schule verlassen mußten, weil sie in einem Wandzeitungsartikel die Militärparaden als anachronistisch bezeichneten. Meine Beschwerde bei der Ministerin führte zu einem Gespräch, wie ich es selten absurder und sinnloser erlebt habe. Und natürlich ohne jede Wirkung damals. Was ich erreichte, war: eine Demütigung mehr für mich. Vor einer Woche wurden die fünf Schüler rehabilitiert. Wie will man ihnen (und den vielen anderen von solchen und schlimmeren Repressalien Betroffenen) die verlorene Zeit ersetzen?

Und heute bekommt Jakob eine Freistunde, um ABC ein Interview zu geben.

Ein Freund aus den Staaten ruft an, er hat Jakob gesehen. Er bedauert, jetzt nicht in der DDR zu sein.

Donnerstag, 16. November
Ich lasse seit Tagen den automatischen Anrufbeantworter eingeschaltet. Es klickt dort fortwährend, zweimal am Tag muß ich das Aufnahmeband auswechseln. Ich fürchte, sie machen mir meinen Anrufbeantworter noch kaputt. Dann hätte ich wieder einen Freund, der es gut mit mir meint, verloren.

Beim Abhören der Bänder stelle ich fest: Grönland hat

sich nicht gemeldet. Das einzige Land, glaube ich, das noch nicht bei mir angerufen hat. Was ist los mit Grönland? Kein Interesse an den Veränderungen in der DDR? Ich liebe Grönland.

Die Presse berichtet ausführlich über die Untersuchungskommission. Auch Politiker nehmen Stellung. Mir fällt auf, daß immer mehr zugegeben und eingeräumt wird, aber auch immer nur so viel mehr, als unsere Kommission benennen konnte. Eine zweifelhafte Würdigung unserer Arbeit.

Zwischendurch versuche ich ein paar Stunden für meine eigentliche Arbeit freizuhalten. Es gibt Verabredungen mit Verlagen, und ich habe Sehnsucht nach meinem ungeliebten Schreibtisch.

Freitag, 17. November
Im Dokumentarfilmstudio werden drei Filme, halbfertig, vorgeführt. Mehrere Teams haben in Berlin, Leipzig und Dresden die Demonstrationen gedreht, mit den Demonstranten und mit den Opfern des brutalen Einsatzes der Sicherheitskräfte gesprochen, aber auch mit den Bereitschaftspolizisten und Offizieren. Aus einem Material von elf Stunden sind drei Filme entstanden. Die Studioleitung muß entscheiden, welche Filme noch zum internationalen Filmfestival nach Leipzig geschickt werden, das in wenigen Tagen beginnt.

Die Filme sind zweifellos genau und korrekt, sie sind Dokumente dieser Tage. Und doch fehlt ihnen etwas, das wohl jedem Dokument zu jeder Zeit fehlt: der Atem der stattfindenden Geschichte. Dafür zeigen sich teilweise die

Strukturen der Ereignisse, eben jene Strukturen, denen wir auch in der Untersuchungskommission auf der Spur sind, um die volle Wahrheit und die tatsächlichen Hintergründe aufzudecken.

Das junge Mädchen, das vor sechs Tagen bei mir war, hat unser Land verlassen. Die Gründe für ihre Ausreise sind mit Namen genau zu benennen: es sind die Namen von Beamten der Staatssicherheit und der Polizei.

Polizei und Staatssicherheit haben über vier Jahrzehnte hindurch Bürger dieses Landes genötigt, ihr Land zu verlassen. Unter ihnen sind auch viele meiner Kollegen, die die kleinen und großen Demütigungen und Repressalien nicht mehr hinnehmen wollten oder konnten.

Ich sehe wieder den Chef der Staatssicherheit, Bezirksdirektion Berlin, vor mir, als ich ihm in der Untersuchungskommission mitteile, daß ich zu seinen Ausführungen keinerlei Fragen habe, da sie völlig unzureichend sind und ein Versuch, die Übergriffe als notwendige Maßnahmen zu entschuldigen. Als ich verlange, daß er nochmals zur Anhörung erscheint und sonst notfalls sein Vorgesetzter zu bestellen ist, funkelt er mich wütend an. Er kann sich nur mühsam beherrschen. Ein Bein wippt ununterbrochen und heftig auf und ab, während er mir zuhören muß.

Meine Nachbarin in der Kommission beugt sich zu mir und flüstert: Mein Gott, Christoph, die werden uns alle umbringen.

Unsinn, erwidere ich, das ist nicht möglich.

Ich streichle beruhigend ihren Arm, ich weiß allerdings, wenn sie die alte Macht wieder in ihre Hände bekommen, werden sie sich mit uns beschäftigen.

Am Abend bin ich zu einer Lesung mit Gespräch in

der Samariter-Kirche. Vor Beginn werde ich schon darauf verwiesen, daß wohl nur wenige kommen. Seit der Grenzöffnung habe der Besuch dieser Veranstaltungen schlagartig nachgelassen. Die Kirchen waren bis zu jenem Tag an jedem Abend überfüllt, mit Lautsprechern wurden die Veranstaltungen in den Garten um die Kirche übertragen. Nun sind es nur noch 100 bis 200 Leute. Alle anderen laufen wohl jetzt durch Westberlin, erproben die neue Freiheit.

Im Gespräch geht es natürlich wieder ausschließlich um die politische und wirtschaftliche Situation des Landes. Wann sollen die neuen Wahlen stattfinden? Beendet die Öffnung der Grenzen den Druck der Straße? Wird die notwendige Reform dadurch behindert oder gar verhindert? Was sollen wir mit den Opportunisten machen, die sich nun als Reformer aufspielen?

Samstag, 18. November
Etwa drei Millionen Bürger der DDR sind an diesem Wochenende nach Westdeutschland und Westberlin gefahren. Teilweise wurde der Übergang für Autos gesperrt, um Fußgängern Platz zu schaffen. Die Westberliner bleiben in ihren Wohnungen, um das Chaos nicht zu vergrößern.

Meine Westberliner Verlegerin ruft mich an und erzählt mir, daß die überschwengliche Freude in ihrer Halbstadt deutlich nachläßt. Es wächst der Unmut über die verstopften und auch verdreckten Straßen, über die überfüllten, fast nicht mehr zu nutzenden Geschäfte. Spekulanten und Schwarzhändler von beiden Seiten versuchen, ihre Geschäfte zu machen. In Grenznähe werden begehrte Waren (Südfrüchte vor allem) übertreuert verkauft. Der DDR-Ausweis, der zum kostenlosen Benutzen der öffentlichen Verkehrsmittel berechtigt, wird für 500 DM gehandelt. (Eine Bekannte erzählte mir gestern, daß bei der Polizei in Ostberlin viele Bürger ihren Ausweis als verloren melden und einen neuen beantragen.)

Sonntag, 19. November
Am Vormittag eine Lesung mit anschließendem Gespräch im Schweriner Theater. Am Abend im selben Haus die Premiere der »Ritter der Tafelrunde«. Der Regisseur hat das Stück mit aktuellen Bezügen und Zitaten überhäuft, die vom Publikum begeistert begrüßt werden. Die Inszenierung hat mit meinem Stück nur noch wenig zu tun. Das sind Dummheiten, gegen die man wenig ausrichten kann, zumal wenn sie vom Beifall des Publikums scheinbar sanktioniert werden. Theater hängt am Erfolg, und sei's wie ein Erhängter.

Die Stadt ist kaum belebt, die Gaststätten sind ungewöhnlich leer. Auch das halbe Schwerin, ohnehin eine Stadt in der Nähe der deutsch-deutschen Grenze, verbringt das Wochenende im anderen deutschen Staat (oder im Autostau auf der Autobahn).

Die Zeitungen berichten nun häufiger von Korruption und Amtsmißbrauch. Sehr luxuriös eingerichtete Villen, noble Einfamilienhäuser mit opulenter Ausstattung werden entdeckt, gebaut für die Kinder der obersten Funktionäre. Kanadisches Holz, westeuropäische Sanitärkeramik, italienisches Fußbodenmosaik, Sauna mit Tauchbecken, Bidets, parkähnliche Gärten – die Zeitungsleser gruselt es etwas. Freilich, das Volk ahnte es; es gab unzählige

Gerüchte und Witze über den gestohlenen Reichtum der Mächtigen und ihrer Familienclans. Und noch ist nur die Spitze dieses Eisberges bekannt. Die volle Wahrheit könnte die Wut des Volkes nochmals zum Kochen bringen. Man ist bemüht, die Enthüllungen scheibchenweise zu verabreichen, was jedoch wiederum neuen Unmut erregt.

Imelda Marcos besaß, wenn ich mich nicht irre, 1060 Paar Schuhe, ihrem Volk, das fast barfuß laufen mußte, gestohlen. Mehr als die politischen Fehler und Verbrechen sind es diese anschaulichen Schweinereien, die ein Volk dazu bringen können, ein verbrecherisches Regime hinwegzufegen. Die unendlich vielen Beispiele der Korruption unserer bisherigen Führung können noch zur alles entscheidenden Zeitbombe werden. Dann wurde der Sozialismus in Deutschland nicht von der CIA beseitigt, sondern von der »selbstlosen kommunistischen Führung« des Landes. (Es sei denn – wie hier der Witz lautet –, die bisherigen Funktionäre des Staates waren bezahlte Agenten der CIA.)

Ich bekomme Informationen: die Paläste und Siedlungen der Mächtigen werden derzeit, bevor sie der Öffentlichkeit übergeben werden, entschärft: man baut den größten und allzu provozierenden Luxus aus. Der Amtsmißbrauch geht weiter, die Korruption soll korrupt beendet werden. Man will vergessen machen und hat nichts hinzugelernt.

Und auch an diesem Wochenende große Demonstrationen in Berlin, Leipzig, Dresden und anderen Städten. Man ist entschlossen, der politischen Führung keine Ruhe zu geben, ihr mit Skepsis und Mißtrauen auf die Finger zu sehen.

»Es kann vor Nacht leicht anders werden« heißt es in einem deutschen Kirchenlied. Durch das Volks wurde es anders, aber es könnte sich nochmals wenden. Zu viele sind daran interessiert, müssen daran interessiert sein. Und das Volk weiß um diese Gefahr.

Montag, 20. November
Langsam, sehr langsam erhellen sich die Hintergründe. Am 9. Oktober sollte die Demonstration von Hunderttausenden in Leipzig mit einem Großeinsatz der Bereitschaftspolizei, einem Teil der Armee, gewaltsam beendet werden. Die chinesische Lösung des Problems war geplant. Sie wurde durch den Einsatz weniger prominenter Bürger von Leipzig verhindert.

In Berlin und anderen Städten wurde das gewaltsame Zerschlagen der Demonstrationen nicht gestoppt. Die Versuche des Staates, dafür einzelne Beamte verantwortlich zu machen, scheiterten schnell. Es gibt für uns noch viel aufzudecken.

Nach dem 9. Oktober forderte ich bei jeder meiner öffentlichen Veranstaltungen die Einsetzung einer unabhängigen Untersuchungskommission. Ich sagte damals: »Ich verbeuge mich vor jenen Männern, die am 9. Oktober in Leipzig durch ihr besonnenes und wahrhaft staatsmännisches Auftreten einen weiteren und möglicherweise noch schlimmeren Exzeß verhinderten.«

Inzwischen zeigt sich das ganze Ausmaß des geplanten und verhinderten Einsatzes. In Leipzig sprach ich mit jungen Bereitschaftspolizisten, die mir den Tag und die Situation in der Kaserne schilderten. Sie waren blaß und erregt, als sie mir davon erzählten. Wir sind doch ganz normale Wehrpflichtige, sagen sie, wir hatten doch Befehl. Sie spüren die Verachtung eines Teils der Bevölkerung und fühlen sich als Opfer. Auch diese jungen Soldaten hat man vergewaltigt.

Wir haben in einem Land gelebt, das wir erst jetzt kennenlernen.

Montag

von Marlen Pelny

Ich bin bemüht gefasst zu bleiben, nicht zu übertreiben und die Ruhe zu bewahren. Objektiv betrachtet, würde ich behaupten, dass dieser Montag bislang genauso verläuft wie der Montag davor. Vielleicht sogar, wie der Montag davor. Was den Tag und seine objektiv betrachteten Ereignisse anbelangt, herrscht kein Grund zur Besorgnis, aber ich bin besorgt. So ein Tag ist einfach nur ein Tag. Die Uhr läuft, der Kalender steht fest, aber dann scheint heute ausnahmsweise die Sonne, obwohl davon nichts im Wetterbericht steht. Und so ungefähr müssen Sie auch die Ereignisse meines persönlichen Tages betrachten. Als ich aufstand, dachte ich, wie jeden Montag, es ist Montag und sonst nichts. Wie Sie jedoch meinem Bericht entnehmen werden, ist dem nicht so. Zumindest nicht für mich.

Es ist nun so (und ich möchte noch einmal betonen, dass sich bis jetzt, zumindest objektiv betrachtet, alles genauso verhalten hat, wie am vorherigen Montag und wahrscheinlich auch, wie an dem Montag davor. Deswegen mag es zunächst nicht besonders erstaunlich klingen. Mein Alltag ist wohl zu vergleichen mit dem von mindestens dreitausend anderen Menschen auf dieser Welt. Aber mir bleibt ja nichts anderes übrig, als Ihnen davon zu erzählen, was sich, und sei es noch so gewöhnlich, wann und wo zugetragen hat. Damit Sie einen Eindruck bekommen, von dem Tag und seinen, wie ich finde, beängstigenden Ausmaßen.).

Es ist nun also so: Heute Morgen (ich lag noch im Bett) klingelte das Telefon. Sie werden sich jetzt vielleicht wundern, dass bei mir jeden Montagmorgen anstelle des Weckers das Telefon klingelt, aber ja, das ist so. Ich habe es abgelegt, davon peinlich berührt zu sein. Jedoch, fällt mir gerade auf, sind Sie die Ersten, denen ich davon erzähle. Und ich stelle fest: Ich bin nicht peinlich berührt. Jeden Montagmorgen klingelt also mein Telefon und meine Mutter ist am Apparat. Da ich dazu neige, den Montag als einen zweiten Sonntag zu empfinden, hat sich meine Mutter der Sache angenommen und weckt mich, indem sie mich anruft.

Wir reden dann nicht viel. Eigentlich müsste ich gar nicht mehr ans Telefon gehen, da ich ja weiß, wer dran ist und dass es sowieso nichts zu bereden gibt. Aber es wäre doch ziemlich unhöflich, nicht ans Telefon zu gehen. Immerhin hat mich meine Mutter ja zu einem Menschen erzogen, der ans Telefon geht, wenn sie anruft. Zudem möchte ich ihr nicht die Möglichkeit geben, sich um mich zu sorgen. Ich gehe ja jeden Montag ans Telefon. Und sie ruft mich jeden Montag an. Würde sie nicht anrufen und ich würde plötzlich von meinem Wecker geweckt werden, würde ich mich ja auch sorgen. Jedoch nicht um mich, sondern um sie. Jedenfalls war der Tagesbeginn also identisch mit dem am Montag davor und, das kann ich an dieser Stelle sicher sagen, auch mit dem am Montag davor. An der Stimme meiner Mutter bemerkte ich nichts Ungewöhnliches. Sie sprach die gleichen Sätze wie immer. Ich könnte sie ohne ihr Zutun auswendig aufsagen. Um nur zwei Beispiele zu nennen: »Hast du Frühstück im Haus?« und »Pass auf, wenn du über die Straße gehst.« Ich möchte jedoch nicht vom Thema abkommen. Also fragen Sie sich jetzt bitte nicht, ob das ein gesundes Verhältnis zwischen Mutter und Sohn ist, wobei der Sohn schon sechsunddreißig Jahre alt ist. Auch diese Frage habe ich mir schon gestellt, aber das ist schon ein paar Montage her. Ich stelle es Ihnen frei, darüber zu denken, was Sie wollen. Jedoch bitte erst, wenn ich meinen eigentlichen Bericht beendet habe.

Das Praktische an dieser Art mich zu wecken ist, dass mein Telefon am anderen Ende der Wohnung steht. Ich muss also gezwungenermaßen aufstehen und ein paar Schritte laufen, um ans Telefon zu gehen und bin dadurch automatisch wach und nicht versucht, mich wieder hinzulegen, beziehungsweise einfach liegen zu bleiben. Natürlich kam mir schon in den Sinn, mir einen tragbaren Apparat anzuschaffen, aber dann würde mein Alltag wahrscheinlich ins Wanken geraten, zumindest mit Sicherheit der des Montagmorgens und ich wüsste nicht, warum ich das verfolgen sollte. Da ich nun also dort stand, vor dem Telefon, so wie jeden Montag, ging ich direkt ins Badezimmer, das sich hinter dem Stellplatz des Telefons befindet. Ich setzte mich auf die Toilette (auch dazu hat mich meine Mutter erzogen) und dachte, dass ich an nichts dachte, so wie jeden Montagmorgen. Jeden Montagmorgen, an dieses Gefühl hatte ich mich längst gewöhnt, ist mein Kopf gänzlich leer. Dass ich denke, dass ich an nichts denke, ist reine Routine, eine Art Überprüfung meiner eigenen Angewohnheiten. Man könnte es vergleichen mit der Angewohnheit, noch einmal zum Herd zu gehen, bevor man das Haus verlässt, um sich an seiner eigenen Koordination zu ergötzen. Dann steht man da und denkt: Ja, du hast wie immer den Herd ausgemacht. So sitze ich also jeden Montag auf der Toilette und denke: Ja, du denkst wie immer an nichts. Jedoch verlief heute, ab diesem Moment, etwas anders als sonst. Sie können sich vielleicht vorstellen, was das für einen Schock auslöst, den gewohnt leeren Kopf plötzlich voll vorzufinden.

Mit einem Mal stellte ich fest, dass ich Montagmorgen, der mir bis dahin so gewöhnlich wie immer vorkam, an etwas dachte! Damit Sie die Tragweite meiner Problematik verstehen, muss ich Ihnen sagen, woran ich denn dachte. Denn möglicherweise handelt es sich hier nicht nur um einen Aussetzer meiner Erinnerungsfähigkeit. Ich dachte nämlich an unsere Bundeskanzlerin! Ich weiß nicht, wie es dazu kommen konnte. Ich habe ja nichts anderes getan als an dem Montag davor und vermutlich auch als an dem Montag davor.

Aber als sei es nicht genug, Montagmorgen auf der Toilette an die Bundeskanzlerin zu denken, geriet ich in eine Art Gedankenschleife. Plötzlich brachte ich sämtliche Vor- und Zunamen durcheinander, sodass sie mal Margot Merkel, mal Hannelore Honecker hieß, bis ich mir nicht mal mehr sicher war, ob die Kanzlerin wirklich eine Frau ist, weswegen sie in meinem Kopf plötzlich den Namen Erich Franz Walter Kiesinger trug.

An dieser Stelle begann mein wirkliches Problem. Ich ging davon aus, dass diese Gedächtnisproblematik nur wenige Minuten andauern würde. Doch selbst nachdem ich meine elektrische Zahnbürste benutzt hatte, die ja mittels ihrer Vibration an meinen Zähnen spätestens dafür hätte sorgen müssen, dass alle Kabel in meinem Kopf wieder in der dafür vorgesehenen Fassung stecken und auch nachdem ich meine morgendliche Wäsche beendet hatte (wie gesagt unterschied sie sich überhaupt nicht von denen an den Montagen davor), war ich mir noch immer nicht sicher, wie der Name unserer Kanzlerin ist.

Um nicht aus meinem alltäglichen Rhythmus zu fallen, ging ich aber zunächst genauso vor wie sonst auch. Ich ging in die Küche und schaute nach, ob ich meine Mutter angelogen hatte, als ich sagte, dass ich Frühstück im Haus hätte. Wie jeden Montag stellte ich jedoch fest, dass ich meine Mutter noch immer nicht anlügen kann und aß, obwohl ich keinen Hunger hatte, zwei Scheiben Toast. Ich versuchte, mich so normal wie möglich zu verhalten und stellte dann aber fest, dass ich nicht davon lassen konnte, mich selbst wie durch das Objektiv einer Kamera zu betrachten. Mir schwirrte unentwegt die Frage nach dem Namen der Kanzlerin oder des Kanzlers (mittlerweile war ich mir dauerhaft nicht mehr sicher, ob es sich um eine Frau oder einen Mann handelt) durch den Kopf und ich versuchte, sie immer und immer wieder wegzuschieben, damit ich meinen Alltag unter Kontrolle behielt. Ab diesem Moment gelang es mir jedoch nicht mehr. Ich ließ den zweiten Toast, nur einmal angebissen, auf dem Teller liegen, zog mich an und ging, entgegen all meiner montäglichen Routine, einfach nach draußen vor die Tür und besorgte mir eine Zeitung. Noch auf der Straße blätterte ich solange darin herum, bis ich endlich einen Artikel fand, in dem nicht nur das Wort Kanzlerin, Bundeskanzlerin oder Merkel fiel, sondern eine zusammenhängende Zeile mit den Wörtern Bundeskanzlerin Angela Merkel. Erst da war mir wieder klar, dass es sich um eine Frau, also eine Kanzlerin handelt und dass ihr Name eindeutig Angela Merkel ist. Ich riss die Zeile heraus und steckte sie mir in die Hosentasche. Den Rest der Zeitung warf ich in einen Mülleimer. Ich ging schnell wieder nach Hause, um die Zeit aufzuholen, die ich mit diesem Gedächtnisproblem vergeudet hatte, und machte alles so, wie an jedem gewöhnlichen Montag. Abgesehen von dem Zettel mit dem Namen der Kanzlerin in meiner Hosentasche, verlief er bis jetzt genauso wie an dem Montag davor und vermutlich auch, wie an dem Montag davor. Jedoch, und das können Sie sich sicher vorstellen, wird dieser Zettel, so klein er auch sein mag, mich und mein Leben verändern. Beziehungsweise hat er das bereits getan. Und das, obwohl ich auf nichts anderes bedacht bin, als meine alltäglichen Strukturen beizubehalten! Ich befürchte, dass mich der Zettel in der Hosentasche für immer begleiten wird. Vielleicht muss ich mich an ihn gewöhnen, ihm einen Platz in meinem Leben einräumen. Falls mich mal jemand fragt, wie unsere Bundeskanzlerin heißt, wäre es ja peinlich, die falsche Antwort zu nennen. Vielleicht ist es auch peinlich, um die Frage beantworten zu können, zunächst in die Hosentasche zu greifen, um den Zettel zu lesen, auf dem die richtige Antwort steht. Jedoch schaut man ja auch auf die Uhr, um jemandem die Uhrzeit sagen zu können. Ach, es ist einfach verzwickt! Mein ganzes Auftreten wird sich verändern. Mit großer Wahrscheinlichkeit hat es mein Gang bereits getan. Ein Zettel wiegt, wie Sie wissen, nicht viel, aber er führt ein Eigenleben, genauso wie ich; kriegt Falten und Risse, vergilbt – er macht alles genauso wie ich. Sobald ich mich bewege, bewegt er sich automatisch mit. Wir bewegen uns nicht nur miteinander, sondern auch wegeneinander! Ich kann mich ja von außen nicht sehen, aber für mich fühlt sich jetzt alles ganz anders an. Ich bin jetzt ein Mensch mit einem Zettel in der Hosentasche. Es muss doch für jeden, dem ich begegne, sichtbar sein, dass mit mir etwas nicht stimmt. Das ist fürchterlich. Ich habe Angst vor dem kommenden Montag, vor dem Klingeln des Telefons, den Fragen meiner Mutter und, Sie wissen ja, eben allem, was dann folgt. Ich verstehe die Welt nicht mehr. So traurig es auch klingen mag, aber das ist der passendste abschließende Satz für meinen Bericht. Mehr gibt es nicht zu sagen.

2006

von Thomas Brussig

Wann immer die Rede auf dieses Jahr kommt – eine Frage wird immer gestellt: »Wo hast du das Spiel gesehen?« Um ehrlich zu sein, ich hatte mich jahrzehntelang nicht für Fußball interessiert. Schaltete ich den Fernseher ein und das Bild wurde grün, flankiert vom typischen Stadion-Sound, schaltete ich weiter, Ansetzung und Spielstand ignorierend. Fußballspiele anzusehen, kam mir nicht in den Sinn, nicht mal aus Langeweile.

Nun hatte aber Franz Beckenbauer, dem ja immer alles glückte, die Fußball-WM in die BRD geholt, und endlich qualifizierte sich mal wieder die DDR. Die letzte Teilnahme an einer WM war der DDR 1974 gelungen, wo sie prompt auf die BRD stieß und den haushohen Favoriten und späteren Weltmeister mit 1:0 besiegte. Und ausgerechnet jetzt, wo wieder die WM in der BRD stattfand, hatte die DDR die Qualifikation überstanden. Trainer Hans Meyer hatte schon immer die Gabe, aus durchschnittlichen Spielern überdurchschnittliche Mannschaften zu formen. Und bei der WM spielte sich seine Truppe in einen Rausch. In der »Todesgruppe«, wo sie mit den Niederlanden, Argentinien und der Elfenbeinküste auf drei Super-Teams traf, konnte sie sich als Gruppenerster ohne Niederlage behaupten. Ich gebe zu, dass ich zu dem Zeitpunkt alle Länderspiele der DDR sah; nachdem die DDR in der Relegation jenes unglaubliche 2:0 in Wembley schaffte, war ich der Meyer-Truppe verfallen. Frage mich bitte keiner, wie ich das mit meinen politischen Überzeugungen vereinbare – aber beim Fußball verwandelt sich der Mensch zum Fan. Und der ist gegen jegliche Vernunftargumente immun. Als Fan also sah ich, wie die DDR auch die Todesgruppe überstand und sogar die Niederlande mit 1:0 besiegte. Im Achtelfinale spielte sie gegen die Sowjetunion, die 3:1 geschlagen wurde. Und im Viertelfinale trafen sie auf die BRD. Die hatte unter ihrem zwei Jahre zuvor berufenen Trainer Jürgen Klinsmann ebenfalls eine interessante Entwicklung gemacht. Wie auch Hans Meyer ließ Klinsmann offensiv und wagemutig spielen – und er setzte auf junge Spieler wie Philipp Lahm, Bastian Schweinsteiger und sein Ausnahmetalent Lukas Podolski. Die Gruppe, in der sich die BRD durchsetzen musste, war das Gegenteil einer Todesgruppe: Man spielte gegen Costa Rica, Ecuador und, immerhin, Polen. Im Achtelfinale setzten sich die Westdeutschen gerade noch mit 2:1 gegen Serbien durch. Man kann bei diesem Turnierverlauf nicht sagen, dass die BRD der Favorit im Viertelfinale war. Natürlich war ihr Kader besser besetzt – aber als Mannschaft hatte bislang die DDR überzeugt. (Angeblich bekam man in den Wettbüros bei einem Titelgewinn der DDR-Mannschaft nur noch elf Pfund für ein Pfund Wetteinsatz; vor der WM waren die Quoten bei sechsundzwanzig Pfund.) Jürgen Klinsmann sprach dennoch unausgesetzt davon, dass er »den Titel holen will«. Diese wenig bescheidene Art hat mir seit jeher den westdeutschen Fußball verleidet und mich zu einem zuverlässig schadenfrohen Beobachter ihrer Niederlagen gemacht.

Wenn es nach mir ging, konnten sie gar nicht peinlich genug verlieren. Klinsmann war aber inzwischen der einzige, der solche Töne spuckte, Podolski und Schweinsteiger waren nicht so vom Ehrgeiz zerfressen, daß sie das, was ihnen an Können fehlte, mit Worten zu kompensieren suchten.

Ich sah mir das Spiel zu Hause an, gemeinsam mit Sabine und Robert. Die Frage, ob wir Osten oder Westen sehen wollen, bedeutet, dass wir uns zwischen Christoph Dieckmann und Steffen Simon entscheiden müssen. Dieckmann steht für eine unnachahmliche, in Episoden und »Schnurren« schwelgende Reportage, während Simon, der sich gern von seinen Leidenschaften mitreißen lässt, Letztere auch dort ankocht, wo es wenig Grund für sie gibt. Wir entscheiden uns für Dieckmann.

Kaum beginnt das Spiel, liegt die DDR schon zurück. Ausgerechnet Jens Jeremies und Robert Enke, die gegen die Niederlande noch all die van Nistelroys, Robbens und Van der Varts zur Verzweiflung brachten (Jeremies blockte, blockte, blockte, und war Enke geschlagen, rettete Jeremies auf der Linie), verzapfen das lächerlichste Tor der WM 2006, jener Rückpass von Jeremies, als Enke im Aufrücken begriffen ist. Mir, der ich als Zehnjähriger nur ein halbes Jahr Fußball spielte, hatte seinerzeit der Trainer eingetrichtert: »Einen Rückpass darfst du nie aufs Tor spielen! Denn was ist, wenn der Torhüter einen Herzschlag kriegt und tot umfällt? Dann steht's 1:0 für die andern!« Das leuchtete ein. Aber Jens Jeremies hatte wohl den falschen Trainer – und so steht es nach zwei Minuten 1:0 für die anderen. Nach sechzehn Minuten gibt es Elfmeter für die Westdeutschen. Der Hammer von Frings sitzt und unsere liegen 0:2 zurück.

Hans Meyer stellt um, bringt Stürmer Carsten Jancker für Abwehrspieler Marko Rehmer. Dadurch gibt es vorne, abgesehen von Michael Ballack, einen weiteren Abnehmer für die Flanken Bernd Schneiders. Jens Lehmann will diese Flanken kriegen und geht erst einen, dann zwei Schritte aus dem Tor hinaus – bis Bernd Schneider einen Kunstschuss wagt, der erst wie eine Flanke aussieht, dann wie eine missratene Flanke – und schließlich am hinteren Eck herunterfällt und im Tor landet. Ein Jahrhunderttor. Hans Meyer spricht hinterher von der »Jürgen-Sparwasser-Gedächtnisflanke«. Es steht nach siebenunddreißig Minuten nur noch 2:1. Kurz vor der Pause knallt Ballack einen Freistoß an die Latte, im Nachschuss schießt Zickler Lehmann an – und aus dem Gewühl heraus stochert Tim Borowski den Ball über die Linie. Dann ist Pause.

Anhand der Torschreie konnten wir hören, dass in der Kneipe ein paar Häuser weiter auch Fußball geguckt wurde – mit Sympathien für die DDR. Wir überlegen, ob wir dorthin gehen sollten, aber Robert und ich lassen uns von Sabine überreden, zu bleiben. Die Kinder könnten doch aufwachen.

In der zweiten Halbzeit spielen die Westdeutschen unglaublich stark. Klose und Podolski rollen einen Angriff nach dem anderen auf den DDR-Strafraum; Huth und Franz haben ihre liebe Mühe. Hans Meyer, der nach dem frühen Zwei-Tore-Rückstand einen Abwehrspieler für einen Stürmer geopfert hat, muss die Abwehr verstärken und bringt Clemens Fritz für René Rydlewicz, der als Offensivmann leider ein Totalausfall war. Trotzdem nimmt der Druck zu. Schweinsteiger trifft nur das Außennetz, Hitzelsberger das Lattenkreuz, und Enke hat alle Hände voll zu tun. Es ist so ähnlich wie das Vorrundenspiel gegen die Niederlande – nur dass die Westdeutschen einen Plan haben. Ich habe das deutliche Gefühl, dass es heute nicht gut ausgeht.

Drei Minuten Nachspielzeit werden angezeigt, und dann ereignet sich die entscheidende Szene: Schweinsteiger flankt, Klose springt am höchsten, Enke rettet, prallt dabei aber gegen den Pfosten, und der heranstürzende Frings wird von Huth umgerissen. Klare Sache, Elfmeter. Aber die Spieler, die bei Enke sind, winken den Mannschaftsarzt heran. Enke ist ohne Bewusstsein, die Diagnose »Schwere Gehirnerschütterung« kommt erst nach dem Spiel. Es sitzen mit Frank Rost und René Adler zwei richtig gute Torleute auf der Bank; der eine ist ein legendärer Elfmetertöter, der andere wird es noch. Hans Meyer hat aber schon, nachdem er auch noch Peer Kluge für Marko Engelhardt brachte, drei Mal gewechselt. Er kann keinen Torhüter mehr bringen. Es muss sich ein Feldspieler ins Tor stellen, bei einem Elfmeter in der Nachspielzeit, in einem WM-Viertelfinale beim Stand von zwei zu zwei.

Ich muss raus, will den schrecklichen Schluss in der Kneipe sehen. Sabine und Robert kommen mit. Zehn Minuten kann man die Kinder ja mal allein lassen; sie sind immerhin schon vier Jahre alt und schlafen fest.

In der Kneipe sehen wir den Rest. Jens Jeremies stellt sich ins Tor. Wer wird schießen? Frings winkt ab. Podolski legt sich den Ball hin. Und dann passiert das Unglaubliche: Jeremies hält. Später wird er sagen, dass der Trainer von Motor Görlitz seinem Torhüter immer eingetrichtert habe, dass ein Elfmeterschütze stets einen kurzen Blick in die Ecke wirft, in die er dann schießt, und dass er sich das gemerkt habe. Jens Jeremies hatte also doch nicht den falschen Trainer. Er hält den Ball, der springt zurück ins Feld, Huth drischt ihn aus der Gefahrenzone, und als die nächste Schweinsteiger-Flanke kommt – Pfiff. Die Kneipe hält den Atem an. Christoph Dieckmann: »Warum dieser Pfiff? Abseits? Nein. Doch nicht schon wieder Elfmeter!« Diskussionen. Dann wird klar, dass es darum geht, dass Jens Jeremies kein Torwarttrikot trägt. Offenbar war der Schiedsrichter davon überzeugt, dass der Elfmeter reingeht, und er hätte das Spiel gleich nach dem Wiederanpfiff beendet. Doch das Spiel geht weiter, und Jens Jeremies als Torhüter muss klar von den Feldspielern zu unterscheiden sein. Jeremies lässt sich von Frank Rost das Trikot geben – aber nun interveniert der vierte Offizielle, weil Jeremies laut Spielberichtsbogen die Rückennummer 5 hat und nicht einfach mit der Nummer 12 weiterspielen kann. Erneute Diskussionen zwischen Schiedsrichter, Frank Rost, Hans Meyer und dem vierten Offiziellen. Schließlich kehrt Jeremies mit dem orangefarbenen Trikot von Rost ins Tor zurück, das Spiel wird wenige Sekunden später abgepfiffen.

Es gibt Verlängerung, und die DDR-Mannschaft muss dreißig Minuten überstehen, mit einem Spieler weniger und obendrein mit einem Torhüter, der etatmäßiger Feldspieler ist. Vielleicht glaubte ich für einen kurzen Augenblick, nachdem Jens Jeremies den Elfer hielt, dass jetzt ein Fußball-Wunder fällig ist. Warum sonst soll der Fußballgott dafür gesorgt haben, dass das Spiel weitergeht?

Aber mit dem Wiederanpfiff schwindet diese Hoffnung. Die Westdeutschen sind einfach besser, und sie sind auf Offensive geeicht. Sogar Phillip Lahm dribbelt sich in den

Strafraum, Metzelder und Mertesacker stehen bei Eckstößen vor dem Tor von Jens Jeremies. Es ist ein Gefühl, als würde man unweigerlich zermalmt. Irgendwann werden sie das Tor machen. Huth und Franz und Kluge und Fritz und Ballack schaufeln die Bälle aus dem Strafraum, aber die schwarz-weißen Spieler bringen sie sogleich wieder zurück. Jeremies springt und fängt und faustet, oder er klatscht die Bälle nur irgendwie weg, aber gegen Schweinsteigers Schuss von der Strafraumgrenze ist er machtlos. Es steht zwei zu drei, und wir haben noch dreiundzwanzig Minuten, spielen allerdings in Unterzahl und ohne richtigen Torhüter. Wie soll das gehen?

Nein, es geht nicht. Die Westdeutschen spielen genauso weiter, als hätten sie das Tor gar nicht geschossen. Huth rettet gegen Podolski. Ballack rettet gegen Klose. Borowski wirft sich in einen Schuss von Hitzlsberger. Die Westdeutschen schießen aus allen Lagen, weil sie wissen, dass man sich bei diesem Torhüter nicht unbedingt durchspielen muss – und sie haben gute Schützen. Schweinsteiger kann schießen, Podolski und Hitzlsberger auch. So geht das zweiundzwanzig Minuten, ohne dass ein Tor fällt, und dann, in der letzten Minute, erreicht ein Befreiungsschlag von Ballack den im Mittelkreis wartenden Jancker, der den Ball über Metzelder lupft und sofort, schneller als Mertesacker und Lahm, aufs Tor zuläuft, nur noch Lehmann vor sich hat, ihm durch die Beine schießt, der Ball kullert, hoppelt tatsächlich aufs leere Tor zu, das Stadion schreit, die Kneipe schreit, Robert schreit, Sabine schreit, ich schreie, die ganze Welt schreit ... als Lahm, der noch herangesprintet, herangeflogen kommt, den Ball von der Linie schlägt.

Dann ist Abpfiff.

In der Pressekonferenz wird Jürgen Klinsmann sagen, dass eine Mannschaft, die aus Spielern dieser beiden Mannschaften geformt ist, auf Jahre unschlagbar sein dürfte. Hans Meyer hingegen sagt: »Gehen Sie mal davon aus, dass ich schon viele Fußballspiele gesehen habe. Aber so was noch nie. Das gibt's in keinem Russenfilm. Wenn wir, wie es ihnen der geschätzte Kollege Klinsmann hier vorschlägt, so was wie eine deutsche Wiedervereinigung veranstalten, dann werden wir solch ein Spiel nie mehr erleben.« Um dann mit einem maliziösen Lächeln hinzuzusetzen: »Und da wird mich jeder Fan verstehen: Das ist die Wiedervereinigung einfach nicht wert.«

Hans Meyer war es also, der auf dieser Pressekonferenz ganz lässig das Wort »Wiedervereinigung« in den Mund nahm – und als er es aussprach, merkte ich, wie sehr dieser Begriff seinen einst provokativen, herausfordernden Klang verloren hatte. Es war direkt ulkig, im Jahr 2006 noch den Begriff »Wiedervereinigung« zu benutzen, so ulkig wie die Benutzung von Worten wie »Beatmusik«, »Farbfernseher«, »hurtig« oder »Telegramm«.

»2006« ist ein Auszug aus Thomas Brussigs noch unveröffentlichter Autobiografie.

10. November 1989, Köln

von Daniela Böhle

»Das musst du doch interessant finden!« Mein Vater musterte mich mit wildem Blick. Ich war auf den Speicher geklettert, um nachzusehen, was mein Vater dort machte. Meine Eltern hatten den Fernseher auf den ausgebauten Speicher verbannt wie man das hässliche Haustier versteckt: Man kommt regelmäßig, um es zu füttern, aber der Besuch darf es nicht sehen.

Mein Vater saß vermutlich seit Stunden vor den Nachrichten und erwartete, dass ich mich zu ihm setzte. Ich war bei meinen Eltern zu Besuch und mein Vater war vorübergehend auf den Dachboden gezogen, weil die Mauer gefallen war und er sich vor Begeisterung kaum halten konnte.

Mein Vater war nicht gerade der Spezialist für Begeisterung. Für ein Kind gibt es einfachere Vatereigenschaften. Wenn ich eine Woche lang auf einem Klettergerüst Kunststücke geübt hatte, grunzte mein Vater bei der Vorführung höchstens. Wenn ich ein Ringbuch mit Geschichten gefüllt hatte, sagte er: »Na dann üb mal weiter!«

Und jetzt saß er auf dem Speicher und kroch beinahe in den Fernseher, so hingerissen war er von den Ereignissen.

Ich erinnere mich, man konnte Menschenmassen sehen, die sich an Orten drängten, die ich nicht einordnen konnte. »Du wirst gerade Zeugin großer Geschichte!«, rief mein Vater und beäugte mich als würde er überlegen, in welchem Loch ich dummes Ding die letzten neunzehn Jahre verbracht hatte. Ich starrte auf den Fernseher. Es sah nicht aus wie große Geschichte. Viele Menschen ohne offensichtliches Ziel. Lungernde, lärmende Menschen. »Na und?«, sagte ich aufsässig. Mein Vater sah mich an, als wäre ich ein Idiot, aber jemand anders als dieser Idiot war gerade nicht greifbar und so erzählte er es eben mir, dass er seit Jahrzehnten auf den Mauerfall warte. Dass das alles Deutsche seien und diese Mauer vom ersten Tag an unnatürlich gewesen sei. Dass er sich wünsche, dort sein zu können, an der Mauer, die nun offen war. »Ist das nicht toll?«, das war eine rhetorische Frage. »Jetzt können die alle herkommen! Das konnten die ja die ganzen Jahre über nicht!«

Ich glaube nicht, dass ich meinen Vater jemals vorher so bewegt gesehen habe.

Eine Woche später machte er es möglich und fuhr hin. Nach Berlin. Er wollte sich das alles angucken. Er wollte dabei sein – dort, wo gerade Geschichte gemacht wurde, wie er sagte. Ich konnte das nicht verstehen, Berlin war genauso weit weg wie Afrika oder Südamerika. Da musste ich auch nicht hin.

10. November 1994, Quedlinburg

Mein Vater war 1944 im Harz geboren worden und dorthin waren wir gefahren, er und ich. Wernigerode, Gernrode, Quedlinburg. Quedlinburg war wunderschön in seinem Verfall, grau in grau und voller Geschichte, die nicht wie in Westdeutschland übertüncht worden war.

»Guck mal da!«, mein Vater zeigte aufgeregt auf ein Schaufenster. »Da sieht man noch die DDR!« Das Schaufenster sah aus, als wäre es seit Jahrzehnten nicht mehr geputzt worden, man konnte kaum hindurchsehen. Schemenhaft zeichnete sich die Auslage ab, vergilbte Zeitungsbilder von Frisuren, Gegenstände, denen keine eindeutige Funktion zugeordnet werden konnte. »Oder hier!«, mein Vater hatte ein zweites trübsinniges Schaufenster entdeckt. Er war völlig aus dem Häuschen.

»Das ist die DDR!«, sagte er immer wieder. »Guck mal, hier kann man das alles noch sehen!« Die romanischen Kirchen, die wir uns in diesen Tagen ansahen, gefielen ihm, aber die DDR-Schaufenster waren es, die ihn wirklich begeisterten.

10. November 2013, nördlich von Hohen Neuendorf, nördlich von Berlin

Meine Mutter fährt, mein Vater starrt hochkonzentriert aus dem Fenster. »Guckt mal!«, ruft er ständig. »Das ist die DDR!« Mein Vater ist beim besten Willen nicht zum ersten Mal in den neuen Bundesländern, aber es nutzt sich nicht ab. Mein Vater liebt es, durch die DDR zu fahren und zu gucken. Zu gucken und zu gucken und zu gucken.

»Das sieht überhaupt nicht mehr aus wie die DDR!«, mein Vater klingt vergnügt und verwundert zugleich. »Guckt doch mal.« »Das ist ja auch schon fast fünfundzwanzig Jahre nicht mehr die DDR«, stelle ich fest. Ich stelle das immer fest, wenn ich mit meinem Vater durch die neuen Bundesländer fahre. Ich wohne nun schon seit vielen Jahren in Berlin und bin sicher, dass es mein Vater immer noch bedauert, dass ich nicht nach Ostberlin gezogen bin.

Lang ist es her, dass ich in Köln auf den Speicher geklettert bin, um meinen Vater mit der Nase vor dem Wiedervereinigungstaumelfernseher zu besuchen. Damals dachte ich, die DDR wäre das bessere Deutschland, und wenn nicht, dann wäre sie das auf jeden Fall noch geworden. Mit dem, was da passierte, wollte ich nichts zu tun haben. Ich bin nicht sicher, ob mir das alles heute weniger kompliziert erscheint.

Ich sage es nicht laut, aber heute tut es mir leid, dass ich damals 1989 in Köln war und nicht in Berlin. Ich sage es nicht laut, aber ich liebe es, gemeinsam mit meinem Vater durch die DDR zu fahren.

»Guck mal, wie schön das hier aussieht«, ruft mein Vater. Er klingt immer auch ein wenig wehmütig, wenn er das feststellt. »Aber guck mal da!« Er zeigt auf ein hässliches Haus, dessen Putz bröckelt. »Hier sieht man noch Geschichte! Das ist noch die alte DDR!« Ich sage es nicht laut, aber ich freue mich auch.

Hinreichend wiedervereinigt
von Frank Sorge

Ich kam im Schlafanzug auf den Balkon und sah die Meile, die Sonnenallee voll mit Menschen, dicht gedrängt auf dem Bürgersteig und auf der Straße. Ein Strom hinein in die Stadt, meine Sonnenallee, am 10. November, und am 11., am 12. und so weiter. Die Mauer war auf, bestätigte der Fernseher, aber wer musste schon fernsehen, wenn er es nah sah? Ich musste wohl zur Schule, aber hin kam man eh nicht, nicht über diese Sonnenallee. Hin zum Übergang ging ich, in diese Richtung kam man gut voran die paar hundert Meter, und ich fand Jubel. Das Herz zerriss, als es aufging, ich jubelte mit und trommelte auf die Trabanten.

Mein Kiez war die Köllnische Heide, ein halb ummauertes Märchenland am Grenzübergang. Kaum mehr als die Busse, die wendeten, fuhr hier auf den Straßen und wir spielten am grünen Streifen der Mauer, durchquerten die Grünanlagen, die wucherten, und fanden Egel im stehenden Wasser des Heidekampgrabens. Wir erzählten Geschichten, von Agentenkoffern, vergraben und vergessen, und von den Nachbarn gegenüber, die sich nicht auf ihren Balkonen zeigen durften, wollten sie dort nicht erschossen werden. Wir sahen skeptisch zu den Türmen, die hinter der Mauer auffragten, was passierte wohl hinter den verspiegelten Fenstern und hatten sie ständig die Waffen auf uns gerichtet? Es gab Geschichten vom Kanal ein Stück weiter, schwimmenden Fluchten und Schüssen. Dennoch gruben wir ein Loch unter der Mauer, um einen Blick zu werfen, ein Hase oder Kaninchen hatte uns da was vorbereitet, und auch wenn wir nicht weit unter den Beton wühlten, sahen wir am Ende des kleinen Tunnels Licht aus dem Osten. Dort lagen die Minen, wussten wir, und der Stacheldraht bildete dornige Hecken, kein Schutz auf der Strecke, keine Ecken, nur Heckenschützen und Turmspäher.

Oder wir spielten Touristen und gingen auf den Aussichtsturm, einen hölzernen Ausguck über die Grenze, gleich am Schild »You are leaving the American Sector«. Und ich sah dort hinüber, das letzte Stück Sonnenallee, und es war alles so anders. Selten fuhren Autos heran und es war kein Mensch auf der Straße. Es gab keine Kaugummiflecken und keine Hundescheiße wie bei uns überall, in Neukölln, ihr Pussies. Warum war es drüben so sauber? Selbst unsere Hundeklosetts halfen nicht, Sandkästen fürs Scheißerle des Beißerle, wovon man die ganz kleinen Kinder abhalten musste, die immer ein Plastikförmchen in der Hand hielten, um aus Sandgruben Muscheln zu bauen. Wir hatten einen Park mit verwunschenem Wasser und einem Märchenbrunnen, wir hatten die tote S-Bahn, deren Gleis hier endete. Und dort war es gruseliger als an unserem Mauerloch, dort lag ein toter Bahnhof mit eingemauerten russischen Soldaten, Löchern im Boden. Dort waren auch die Schläger, die Raucher unter der Kindern, die starken Halbstarken, und nicht ohne Risiko war es dort, aber was war was ohne Risiko? Halb so spannend, man warnte uns vor Obdachlosen im Park, Drogenspritzen am Bahnhof und vor den Exhibitionisten. In dieser Zeit hörten wir

»TKKG«, »Fünf Freunde« und »Die drei ???«, und was nicht sonst noch alles, aus Raum und Zeit, und Riccardo, heute mein Facebookfreund, hatte sogar Zombiehörspiele – so spannen wir Pläne, den Exhibitionisten zu enttarnen, ihn aufzudecken, und dann war da doch zu viel Erschrecken. Irgendwen kannten wir, die waren betroffen, das machte betroffen. Wir krochen in jede Lücke in den Zäunen, wir hatten geheime Wege durch das Märchenland, Abkürzungen. Wir hatten die Hänselstraße, und Gretel hatte eine und Rübezahl, und wir hatten den Venusplatz, die Einhorn- und die Widderstraße. Und wir hatten den Krebsgang vor Günter Grass, er lief an der Bahn lang und macht das noch heute.

Wir hatten Kastanien in rauen Mengen, im Herbst, an der Allee und im Park. Und jetzt hatten wir sie nicht mehr für uns allein, jetzt strömten die Menschen, die Straßen ein einziger Stau und man stieg in irgendwelche Reisebusse, um Richtung Hermannplatz zu fahren oder fuhr mit dem Fahrrad.

Und nichts war schlecht, es gab absolut nichts, was daran schlecht war, ich erinnere mich an nicht ein schlechtes Wort, nicht eine blöde Situation, nicht ein Unbehagen, nicht an ein schlechtes Gefühl. Sicher gab es sie, aber sie haben mich nicht interessiert, wenn es sie gab, und das hat sich nicht geändert. Aber danach ging es los, über die Jahre, und in unserer Nachbarschaft wuchs eine braune Ecke, aber da ging es weniger um den Osten, den offenen Osten, sondern um den Nahen Osten, den etwas ferneren Nahen Osten. Wir wohnten hier alle sozial, hier im modernen Wohnungsbau, dem sozialen, den Betoninseln der siebziger Jahre. Ali und Inge, Manfred und Mohammed, das war nett, fand ich immer. Das Klima wurde auch mal rauer, aber woran das lag, war ja klar im Schatten des Arbeitsamtes Süd und im Ghetto der Hochhaussiedlung. Mindestens am Alkohol und dem Fernseher, an den Sozialfällen, den Elenden und Armen. Man sah immer hin, aber man wusste auch, wann man lieber aus der Schusslinie ging. Ich war einer der schnellsten Läufer weit und breit, eine Eigenschaft, die mich aus beinahe jeder misslichen Lage bringen konnte.

Wir standen im Schlafanzug auf dem Balkon am Morgen, sahen den Strom der Menschen und meine Mutter heulte vor Glück. Vermutlich weinten wir alle mit, und machen es immer noch, denn das war auch Geschichte unserer Geschichte, der Familie aus der Uckermark, meiner Großmutter und ihrer kleinen Tochter. Die war so alt wie ich jetzt, als wir den Strom der Menschen auf der Sonnenallee bejubeln, als sie als Letzte des Familienzweiges den Weg durch die Mauer nach Westberlin fanden, mit Fluchthelfern aus dem fernen Amerika. Meiner Großmutter hatte man irgendwelche Drogen verabreicht, um die unglaubliche Angst zu unterdrücken, von den Grenzern erwischt zu werden. Man hätte sie wohl eingesperrt, ihr die Tochter entrissen und was nicht noch sonst Schlimmeres, und ich hoffe, es ist ihr nicht ganz klar gewesen, was hätte passieren können, denn diese Angst muss unerträglich sein. Aber sie trug es mit Fassung, scherzte wohl sogar mit den Grenzbeamten und reichte ihnen den falschen Pass, auf dem sie ihre Schwester war. Dort war der richtige Tag gestempelt, und der Pass sah richtig aus, jedenfalls war er richtig gut gemacht und reichte, sie stiegen im Westen in einen Mercedes, die Familie war vereint und das Land abgetrennt.

So ging mit dem Gang der Geschichte dann auch diese Geschichte zu Ende, und sie ging gut aus. Bald in der neuen Zeit wurde ich pubertär und verliebte mich in den Osten, Mädchen aus Schöneweide und Adlershof, von KW bis Falkensee und in fernere Orte wie Leipzig und Dresden wanderte mein Herz, und bis heute, wenn ich an Marzahn denke, denke ich an die Liebe. Wann immer jemand in den letzten zwanzig Jahren versucht hat zu raten, ob ich aus dem Osten oder dem Westen komme, riet derjenige falsch, ich fühle mich seitdem hinreichend wiedervereinigt.

Kreislauf der Zeit

von Falko Hennig

In meinem Arbeitszimmer hängt ein großes Schwarzweißfoto von unserer Straße. Ich habe es vor Jahrzehnten aus einer Ausstellung gestohlen, damals war ich ein ganz normaler Jugendkrimineller der Wende, geboren in Berlin, der Hauptstadt der DDR. Ich verstieß gegen die Gesetze der verfließenden DDR und des entstehenden Deutschlandes.

Damals, im Sommer 1990, so kann ich mich auf der Fotografie überzeugen, waren fast nur Trabants auf den Straßen. In jenen Tagen stand ein Großteil der Häuser der Straße leer, löchrige Dächer, aus den zerbrochenen Dachrinnen aus sprödem rotem Plast strömte der Regen die Wände hinunter und wusch den Mörtel aus den Fugen. Damals zogen wir hier in dieses Haus, richteten uns ein auf morschen Dielen hinter zerbrochenen Fenstern. In den Wänden war der Schwamm, die Decken waren voller großer Wasserflecken. Die Toiletten lagen außerhalb der Wohnungen jeweils eine halbe Treppe tiefer, bei Frost waren sie eingefroren, Bäder gab es nicht. Nur in einem Zimmer standen eine Badewanne und ein Badeofen, den man mit Holz und Kohlen anfeuern musste, um nach einigen Stunden kochend heißes Wasser für ein Vollbad zu haben.

Die Luft ist besser geworden inzwischen. Obwohl es jetzt viel mehr Autos auf den Straßen gibt, erreichen die

Viertakter nicht das Aroma der Wartburgs, Trabants, und Barkas-Kleintransporter. Nur noch wenige Häuser werden mit Kachelöfen und Briketts geheizt. Aus den meisten chromblitzenden Schornsteinen steigt dünner weißer Rauch, der eher an Wasserdampf erinnert als an die rußgeschwängerten Abgase der Vergangenheit.

Heute haben wir Warmwasser zu jeder Uhrzeit, jede Wohnung hat Bad und Innentoilette, zum Heizen drehen wir einfach an den Reglern der Heizkörper. Massive Stahlbetondecken haben die verfaulten Balken ersetzt, französische Fenster bis zum Boden geben den Blick auf die Kastanie im Hof frei.

Verlasse ich mein Arbeitszimmer und gehe die Treppe hinunter, komme ich in die Lottumstraße und kann sie mit ihrem Abbild vor zehn Jahren vergleichen. Damals waren die meisten Fassaden schmutzig grau und schwarz. Der würzige Geruch von Braunkohlenqualm lag in der Luft und die blauen Abgaswolken der Zweitakter kündeten noch Minuten später von den vorbeigefahrenen Autos. Ich mochte diesen Geruch immer. Dass die Abgase nicht gesund waren, nun gut. Aber dass sie stinken sollten, habe ich nie verstanden.

Heute sind alle Häuser saniert, neue Fenster, neuer Stuck. Gerade der Stuck, der schon beim Bau in der Gründerzeit vergangene Epochen nachahmte, ist jetzt sozusagen Imitation der Imitation. Die neuen Fassaden sind in Pastellfarben gestrichen: hellgrün, rosa, weiß. Die Dächer sind neu gedeckt, die Dachgeschosse zu besonders teuren Wohnungen ausgebaut. Die alten Inschriften sind für immer abgeschlagen.

Meine Kindheit war für die DDR relativ normal, aber

meine Mutter war eine ungewöhnliche Frau. Als Leistungssportlerin hatte sie in der letzten gemeinsamen deutsch-deutschen Nationalmannschaft vor dem Mauerbau bei der WM gespielt. Feldhandball, eine inzwischen zu meinem Bedauern ausgestorbene Sportart, wurde dabei auf Großfeld gespielt, so wie heute noch Fußball.

Ich habe Sehnsucht, Heimweh nach den alten Straßenbildern, ganz ohne Reklame, nach den bewohnten Ruinen von einst. Vielleicht ist diese Vorliebe vergleichbar mit der jener romantischen Bauherren, die sich ihre Parks von kunstvollen Gärtnern verwildern und Architekten, die eine Dampfmaschine in einem griechisch aussehenden Ruinenneubau verbergen ließen.

Auf keinen Fall will ich den damaligen Bauzustand oder die Abgase verteidigen. Ich sehe die Notwendigkeit der Sanierung zur Rettung dieser Häuser ein. Aber die grauen, rissigen Fassaden kannte ich, ich war aufgewachsen mit dem bröckelnden Putz, das war meine Normalität, Heimat. In der DDR hatte man nur die Wahl zwischen heruntergekommenen Altbauten und hässlichen Plattenhochhäusern. Ganze historische Stadtquartiere wurden durch Vernachlässigung zerstört. Nicht zuletzt wegen des dort hausenden aufmüpfigen Gesindels, wie ich es noch 1988 im sogenannten Scheunenviertel erlebte: Tätowierte mit Gefängnisvergangenheit, Prostituierte, die es offiziell nicht geben durfte. Asozial war jeder, der seine Einkünfte nicht nachweisen konnte. Asozialität stand unter Strafe. Man hoffte, diese Menschen in übersichtlichen Wohnquartieren besser überwachen zu können.

Für die Rettung dieser Stadtviertel ist die DDR gerade noch rechtzeitig zusammengebrochen. Doch ist Berlin dadurch nicht schöner geworden. Berlin ist aber auch nie eine schöne Stadt gewesen.

Der klassizistische Größenwahn mit dreißig Meter breiten Straßen, der Abriss der mittelalterlichen Bauten – nicht an »Spreeathen« erinnerte die Besucher um 1900 Berlin, Mark Twain nannte es »the german Chicago«. In Erneuerung begriffen, mit wöchentlichen Zerstörungen historischer Häuser, so begann das Jahrhundert. Die Vernichtungen des Zweiten Weltkrieges durch alliierte Bomber und nationalsozialistische Stadtplanung setzten nur fort, was vor dem Ersten Weltkrieg und in der Weimarer Republik begonnen worden war. Dann, nach der Teilung, wurden in Westberlin große Autobahnen durch die Wohnquartiere gezogen, die in Ostberlin noch um Renommierarchitektur in unmenschlichem Maßstab ergänzt wurde. All das hat die hässliche Stadt nicht verschönert.

Und doch hatte der Verfall in Ostberlin so manchem Stadtbezirk eine charakteristische Patina gegeben. Auf mich wirkt die umfassende Sanierung seitdem, als hätte man die schönen Züge einer Greisin für eine schrille Talkshow hergerichtet, grell geschminkt, die Falten in absurdem Jugendwahn verkleistert.

Ostalgie, inzwischen aus der Mode gekommen, ist entstanden aus dem Wort Nostalgie zur Beschreibung einer gewissen Verklärung der DDR mit Partys, Honecker-Imitator und Pionierliedern. Die Ostalgie hatte ihren Ursprung in dem ganz normalen menschlichen Bedürfnis, sich seiner Vergangenheit zu versichern. Wer erinnert sich nicht, egal in welchem Land er lebt, an das Bonbonpapier seiner Kindheit, an die Spielzeugeisenbahn, die merkwürdigen Puddingpulvertüten und die erstaunlichen Fahrzeuge, die einem damals begegneten? Gemeinsam bewiesen sich die DDR-Bürger bei Nordhäuser Doppelkorn und Club-Zigaretten: Ja, ich habe dort wirklich gelebt, in diesem Land, von dem so wenig geblieben ist.

Leider ist Erinnerung meist selektiv, und so wird nicht des anstrengenden Alltags gedacht, der aus Schlange stehen bestand, aus kaputten Telefonzellen (Privattelefone waren selten), aus Ersatzteilproblemen, einer bösartigen Gastronomie und Belästigung durch Geheimpolizei und Parteifunktionäre. Viel wichtiger ist es den Menschen sich zu versichern, dass sie durchaus Spaß hatten damals, glücklich oder unglücklich waren, auch ganz ohne Parteiauftrag.

Ich bin jeden Tag in Berlin unterwegs, meist mit dem Fahrrad, oft mit Straßen-, U- und S-Bahn. Die Geschwindigkeit des Baugeschehens ist wohl der Hauptunterschied zu früheren Zeiten. War es nicht erst vor wenigen Wochen, als ich hier um die Ecke fuhr? Und jetzt steht dieses Haus da, oder gleich ein kompletter Block. Auf der gläsernen Reichstagskuppel war ich noch nicht. Auch nicht auf der Siegessäule. Diese Ignoranz verbindet mich mit den Bewohnern anderer Metropolen, ein Ehepaar aus Athen versicherte mir, dass sie noch nie auf der Akropolis gewesen seien.

Ich war damals dagegen, dass Berlin deutsche Hauptstadt wird. Dort in Bonn war die Regierung doch gut aufgehoben, dort störte es niemanden, wenn Hubschrauber die Mitglieder hin- und herflogen oder gewaltige Areale aus Sicherheitsgründen gesperrt werden mussten. Dagegen schien mir Berlin eine Großstadt, die mehr Krach gar nicht benötigte. Aber meine kleinliche Gegnerschaft hatte keine

Aussicht auf Erfolg, und die Berliner freuten sich über die Einlösung des Hauptstadtversprechens. Nun werden aller Tage Straßen abgesperrt, wenn ein korrupter Staatschef oder ein Diktator aus der dritten Welt auf Staatsbesuch ist, und siehe da: Es ist gar nicht so schlimm.

Nach einem Bonmot vereinigt Berlin die Eigenschaften einer deutschen und einer amerikanischen Provinzstadt. Und darin steckt etwas Wahres. Immer wenn ich aus anderen Städten zurückkomme, aus Hongkong, aus Shanghai, aus New York, Kairo, Bukarest, Abidjan, Addis Abeba, Sao Paulo oder London, da ist es wie die Ankunft auf dem Lande: Diese schönen breiten Straßen, so gut wie keine Menschen auf den Bürgersteigen, wenig Verkehr, alles so ruhig. So gesehen ist die Zunahme der Geschäftigkeit durch die deutsche Regierung auch nicht so schrecklich.

Inzwischen sind mehr Menschen da, viele Touristen, und weil sie nicht von einem Tag auf den anderen kamen, konnten wir uns daran gewöhnen.

Als wir die Geburt unseres ersten Kindes planten, wollten wir die Entbindung in einem Geburtshaus. Wenig glücklich war dort der Ablauf des Ereignisses, Stunde um Stunde verging bei schrecklichen Wehen, und erst nach Überstellung ins Krankenhaus »Maria Heimsuchung« kam Ella mit Hilfe einer Saugglocke zur Welt. Beim zweiten Kind waren wir dann gleich im Krankenhaus. Es sind eigenartige Momente, wenn mit dem Licht des Morgens der erste Schrei eines neuen Menschenkindes ertönt, so viele Möglichkeiten und gleichzeitig scheint alles so vorgegeben. Heute sind die Töchter junge Damen.

Es gibt eine Straße, die ich jeden Tag entlang gehe, und ein ganz normaler Tag war es auch, als mein Blick in ein

Zimmer fiel. Ich musste mich auf die Zehenspitzen stellen, ein eigenartig helles Licht aus dem Fenster hatte meine Neugierde geweckt. Doch was ich dann sah, übertraf alle Vorstellungen: In einem Käfig ein Krokodil, alle Wände vom Fußboden bis an die Decke mit Terrarien vollgestellt, darin Schlangen, Eidechsen, Skorpione, Vogelspinnen. Ich ging weiter, und als ich hundert Meter entfernt auf der Schönhauser Allee stand, hatte ich es vor Augen: »Berliner Zimmer«, eine Artikelserie, in der ich Menschen über ihre Zimmer sprechen. Ich war mir in dem Moment des Erfolges absolut sicher.

Ganz so einfach war es dann doch nicht, ein Dreivierteljahr musste vergehen, bis jenes Reptilienzimmer die Serie in einer Berliner Tageszeitung eröffnete. Ich hatte mir erträumt, dass ich mein Leben damit bestreiten könnte, mir Zimmer auszudenken und sie dann zu suchen. Denn das ist der Vorteil der Großstadt, hier gibt es alle denkbaren Zimmer. Doch in Wirklichkeit war nach einiger Zeit mit dieser Kolumne Schluss, aber ich konnte seitdem viele andere schreiben. Derzeit ist es zum Beispiel eine über die Geschichte deutscher Schimpfwörter.

Die wunderbarste Fügung meiner inzwischen fünfundvierzig Lebensjahre ist die denkwürdige Tatsache, dass ich seit zehn Jahren in der deutschen Nationalmannschaft Fußball spiele, an verschiedenen WMs teilnehmen durfte und inzwischen in Afrika, Asien und Südamerika fürs vereinigte Deutschland kämpfte. Dort in den fernen Metropolen liebe ich die Straßen besonders, die von vergangener Pracht zeugen.

Mir gefallen die Häuser mit dem längst abgebröckelten Putz, wie sie in den Altbaugebieten der DDR üblich waren, auf deren Dächern und Regenrinnen kleine schlanke Bäume wachsen. In den Hauseingängen von Ostberlin fand man geheimnisvolle alte Firmenschriften, längst übermalt. Durch das Sonnenlicht vieler Sommer waren die Wandfarben ausgeblichen und die ursprünglichen Inschriften schimmerten wieder hervor, so wie angeblich Gletscher Erfrorene aus einer anderen Epoche preisgeben. Ich lief noch in den 1990er Jahren in Ostberlin durch die Hinterhöfe, den Kinderwagen vor mir herschiebend, Ausschau haltend nach etwas Interessantem.

Sind die Deutschen allgemein schon geschichtsversessen, ist es bei mir noch extremer. Die Ereignisse der Vergangenheit erscheinen mir kein bisschen weniger wichtig, nur weil sie vergangen sind. Meine Vorliebe für alte Bücher hat seit meiner Kindheit nicht nachgelassen, sich erweitert auf Ton- und Filmaufnahmen, antike Zeitungen, Fotos und Tagebücher.

Ich fotografiere, Straßen, Plätze, meine Töchter, Häuserwände. Eigentlich interessieren mich die Häuserwände nicht. Ich will die Zeit fotografieren. Die Zeit, die uns zu Greisen verwandelt und danach in den Stoff, aus dem wir entstanden sind. Die Materie und das Sonnenlicht, so wie das Licht Zeitungen vergilben lässt, die Haut verbrennt oder in knorpeliges Leder verwandelt, so wie es die Blätter rot oder grau färbt, so ist Licht eine Erscheinungsform der Zeit. Ich glaube, selbst Materie ist eine bestimmte Form der Zeit.

Wieso sollte das, was wir 1980 dachten, weniger wichtig sein, als das, was wir heute denken? Oder was ich dachte, als ich im Jahr 2000 durch einen Hinterhof der Kastanienallee an eine Tür kam.

»Chronometrie« stand dort an einer Klingel, das Wort machte mich neugierig und ich drückte sie. Freundlich, als hätte er mich erwartet, öffnete ein Mann von ungefähr vierzig Jahren, David Ralston, und führte mich durch sein Zeitlabor. Der Engländer baute Uhren, normale, an denen man die Uhrzeit in Stunden und Minuten ablesen kann, und Objekte, an denen erst in fünfhundert oder tausend Jahren Veränderungen zu bemerken sein werden. »Teer ist ein sehr schönes Material«, sagte er, »Weil dieser Stoff gleichzeitig fest und unmerklich flüssig ist, fließt wie Eis in der Sonne, doch nur in Jahrzehnten und Jahrhunderten.« Das gelte auch für Glas, versicherte er mir, an alten Kirchenfenstern könne man sehen, wie es über die Zeit nach unten geflossen sei.

Ein anderes Objekt schwebte an der Decke, steinerne Kugeln rollten auf Bahnen und über Ebenen aus Eisenschienen, klackten laut aneinander und brachten das ganze Objekt zum Schwingen. »Stunden sind nur willkürliche Zeitabschnitte.« Wie Tage und Jahre, selbst die Lebenszeit.

Während meine Mutter, inzwischen eine sportliche Mitsiebzigerin, in der echten Nationalmannschaft spielte, bin ich nur in der der Schriftsteller. Während sie im Team des noch nicht völlig geteilten Deutschlands spielte, bin ich in dem des ganz normalen Deutschland. Während es bei ihr Feldhandball war, ist es bei mir nur Fußball. Mir scheint, es muss so sein und ist ganz alltäglich, nicht angsteinflößend, so wie dieses Land, in dem ich, insgesamt, recht gerne lebe.

Ich bin kein guter Patriot, gerade zu den Jahrestagen der Einheit finde ich das Fernsehprogramm zum Kotzen, den falschen Pathos und die hohlen Phrasen nicht zum Aushalten. Die alten Aufnahmen vom Brandenburger Tor zur Einheit werden dann wieder gezeigt – war ich da nicht auch gewesen, Silvester 1989? Die Bilder sind mir fremd, kein Gefühl kommt auf, keine Gänsehaut. Dabei habe ich geweint, damals, als die Mauer gefallen ist.

Die Jugend Deutschlands und der Welt zieht seit vielen Jahrzehnten nach Berlin. Nicht anders, als in einer Großstadt eines beliebigen Landes finden junge Leute in Berlin Schutz vor ihren Eltern, die in den kleinen Fertighäusern der Kleinstädte zurückbleiben, finden Gleichgesinnte, ob sie nun selteneren Sexualpraktiken anhängen oder sich für spezielle Filme interessieren.

Interessanter sind die Gründe, die vor dem Mauerfall die beiden Stadthälften für die Jugend attraktiv machten. Westberlin war das Eldorado der Bundeswehrgegner. Nur in Westberlin drohte keine Einberufung, keine Gewissensprüfung, mit der man stumpfen Militärs erklären musste, warum man lieber Kranken helfen will als sich das Handwerk des Tötens anzueignen.

Ostberlin, damals noch »Berlin, Hauptstadt der DDR«, bot zwar vor der Einberufung in die Armee keinen Schutz. Doch öffnete es den Jugendlichen neue Freiheiten in kultureller Hinsicht: Programmkinos, Literaturzeitschriften, Punkdiscos und sogar gewisse oppositionelle Einrichtungen wie die Umweltbibliothek im Schutz der Kirche. Gerade dadurch wurde Ostberlin für Tausende nur eine Durchgangsstation auf dem Weg nach Westdeutschland oder Westberlin. Tatsächlich war die DDR auch schon ohne Mauerfall am Verbluten, die intellektuelle Elite verließ das Land gen Westen. Die DDR-Literatur fand in Westdeutschland statt.

An der Bernauer Straße, wo früher die Mauer stand, befindet sich ein Friedhof. Olaf Schmidt war ein schlaksiger junger Mann, groß und blond mit Brille und einer eigenartigen Art zu lachen: »Höö, höö!« Er wohnte nebenan, hatte ständig wechselnde Autos und verschiedene Jobs. Ich kannte ihn von verschiedenen Arbeiten, die am Haus nötig waren.

Dieses bemerkenswerte Jahr 1990, dieser anarchistische Sommer, als zwar die Einheit schon gewählt war, aber die DDR noch existierte mit ihrer Polizei, die aus angemessenem Unrechtsbewusstsein nicht wagte einzuschreiten. Auch nicht, als wir einfach in das Haus einzogen, ohne Genehmigungen und Erlaubnis.

Gemeinsam legte ich mit Olaf Schmidt, Schmitze genannt, Dielen an einer Stelle, an der vorher der Kachelofen gestanden hatte, der durch die neue Zentralheizung überflüssig geworden und abgerissen worden war. Am nächsten Tag fragte mich eine Nachbarin auf der Treppe, ob ich das mit Olaf schon wisse. »Was?«, fragte ich. Sie schlug die Hände vor ihrem Gesicht zusammen und schluchzte: »Er hat sich umgebracht.« Zuerst glaubte ich an einen Irrtum, aber es stimmte.

Er hatte sich gewünscht, im Prenzlauer Berg begraben zu werden. Dabei hatte er nicht bedacht, dass dieser Bezirk keine Friedhöfe hat, die noch für Neubelegungen benutzt werden dürfen. Mit seinem Grab an der Invalidenstraße in Mitte, noch näher an seinem letzten Wohnort, wäre er sicherlich zufrieden gewesen.

Der Kreis und die Zeit haben gemeinsam, dass sie Erfindungen der Menschen sind. So wenig, wie es einen Kreis in der Natur gibt, so wenig gibt es die Zeit. Beides sind

Konstruktionen, die uns helfen, beruhigende Ordnung ins Chaos der Wirklichkeit zu bringen.

Wir sind nicht unzufrieden oder unglücklich, leiden nicht an den Läufen der Welt und der Zeit. Die wunderschönen Cafés an jeder Straßenecke sind angenehm und bequem, aus großen Fenstern sehen wir auf die Fassaden des neuen Berlin während vor uns die Laptops summen. Wir rühren in unseren Milchkaffeetassen und nichts erinnert an den Gestank der Vergangenheit.

»Wer jetzt schläft, ist tot«

von Uli Hannemann

Mit diesen Worten zitiert Guido Knopp im »Tagesspiegel« einen jungen Mann in der Nacht des 9. November 1989. Der Anlass ist ein Jahrestag zum Ereignis und Knopp ist promovierter Historiker, eine Fachkompetenz, die er geschickt hinter dem von ihm selbst kreierten Genre des »Histotainments« zu verbergen weiß.

Doch dieses Mal hat er Recht. Ich erinnere mich noch sehr gut an den Abend, an dem ich gestorben bin.

Im Fernsehen lief ein Uefa-Cup-Spiel. Ich glaube, es spielte sogar West gegen Ost, Stuttgart gegen Dresden. Irgendwann im Laufe der Partie wurde unten im Bild in penetranter, weil fortwährender Manier eingeblendet, irgendwo sei irgendeine ominöse »Mauer auf«. In erster Linie ärgerte ich mich, weil die Laberleiste den ungestörten Blick auf den linken Flügel der Stuttgarter erschwerte. Kurz rätselte ich wohl auch, welche Mauer eigentlich beziehungsweise wie denn eine Mauer überhaupt aufgehen könne, und ob es nicht architektonisch korrekter Tor oder Tür heißen müsste. Des Weiteren fragte ich mich grimmig, mit welcher Meldung diese Spaßvögel als Nächstes nerven würden: »Sack Reis umgefallen«, »Außerirdische gelandet«, »Mauer wieder zu«?

In der Halbzeitpause wurden Bilder von einer Pressekonferenz im souveränen und auf mich, gemessen an der geografischen Entfernung, oft erstaunlich exotisch wirkenden Nachbarstaat DDR gezeigt. Da dort eine Art russisch (?) gefärbtes Deutsch gesprochen wurde, gelang es mir, einiges des Gesagten zu verstehen, wenngleich nicht zu begreifen. Im Zentrum des Blablas stand wieder irgendwas mit Mauer. Ich spekulierte munter weiter: Meinten sie damit vielleicht ihre von mir stets als etwas over the top empfundene Grenzanlage? Anschließend zeigten sie Tausende DDR-Bürger, die, wie ich in der Tat richtig geahnt hatte, durch großzügige Aussparungen in der Mauer die Grenze nach Westberlin passierten. Das war vorher nicht erlaubt gewesen, nun hatte man die Gesetze offensichtlich kurzerhand geändert. Das fand ich in Ordnung, denn das Fehlen der Reisefreiheit dort im Osten hatte ich stets als Unrecht empfunden. Dasselbe galt allerdings für Albanien und ebenso gewichtete ich es auch.

Die Verantwortlichen der ARD schienen das anders zu sehen, warum weiß ich bis heute nicht. Als sei die von medialer Seite so gefürchtete Saure-Gurken-Zeit mitten in den November gerutscht, krallten sie sich hysterisch an ihrem armseligen Mauerthema fest. Als abzusehen war, dass die gewohnten Halbzeitinterviews entfallen würden, ging ich erst mal gründlich kacken.

In der zweiten Hälfte des Spiels nervten die Spruchbänder nunmehr auf dem rechten Stuttgarter Flügel, während die Dresdener auf eine Weise fahrig spielten, als hätten sie nach dem Spiel noch was Dringendes vor. Durch die staatlich verordnete Bildstörung fühlte ich mich um den vollen Genuss der Fußballübertragung betrogen.

Nach dem Abpfiff dasselbe Lied wie in der Pause – keine

Interviews, keine Zeitlupen, keine Nachberichte, dafür Bilder von der Berliner Mauer: Optisch und mental zerzauste Menschen schrien, drängten und kreischten. Auf mich wirkte es wie eine Massenpanik und die Reporter vor Ort trugen, anstatt mäßigend auf die Fernsehzuschauer einzuwirken, das apokalyptische Bohei von der Straße in jedes Wohnzimmer weiter. Ihr gellendes Geheul machte mir Angst.

Mich beschlich eine Ahnung von Todesnähe. Relativ schnell trank ich zwei Biere und versuchte mich zu beruhigen: Es war doch schließlich nichts passiert. Ein paar Leute machten eben nachts auf Kleiner Grenzverkehr. Sie waren offenbar betrunken und ein bisschen aufgedreht – so etwas kennt auch jeder Schleswig-Holsteiner, der nahe der dänischen Grenze lebt. Morgen würden sie schon wieder in ihr Land zurückkehren, wo sie immerhin zu Hause waren. Alles würde sich einrenken und die Weltordnung, wie ich sie kannte, wieder hergestellt werden.

Mit der Ruhe kehrte auch die Langeweile zurück. Ich wechselte den Kanal. Auf fast allen Sendern dasselbe gleichgeschaltete Gedöns. Na gut, dann eben nicht. Ich machte den Fernseher aus und begab mich relativ früh zu Bett. Dort muss ich dann wohl gestorben sein.

Zwanzig Jahre, vergangen wie drei oder Wie die Arbeitsproduktivität kam und uns fallen ließ

von Udo Tiffert

Im Jahr, das der Wiedervereinigung voran ging, arbeite ich in einem Kraftwerk der DDR. Dort fuhr man hinten Braunkohlewaggons hinein, viel, viel Strom pulste vorn hinaus. Direkt in die Plattenbauten der Arbeiter. Strom für ihre Waschmaschinen, Monokassettenrekorder und Farbfernsehgeräte »Raduga« oder »Chromat«, sechs Programme, zwei Ost, vier West. Die Westprogramme informierten uns über die Licht- und Schattenseiten des Kapitalismus, die Ostprogramme zeigten uns Nasen, die uns der MDR heute noch immer anbietet.

Wegen oder trotz der Fünfjahrpläne und einem weiteren Grund unterhielten wir uns auf Arbeit oft über Arbeitsproduktivität. Darüber, ob es sie überhaupt gab, wenn nein, wessen Schuld das war. Ein Lied wie: »Die Partei, die Partei hat immer Recht!« gab uns dieselbe Antwort, wie sie uns der Alltag gab. Beispielsweise verfolgten wir den tödlichen Weg eines Verbesserungsvorschlages über Brigadier, Meister, Obermeister, Abteilungsleiter, Bereichsleiter und dann kam schon der Chef vom Kraftwerk, oder es waren noch ein bis zwei Kader dazwischen, ganz genau konnten wir das nie klären.

Die DDR besaß Maschinen, Anflüge von Technologie, aber »Keen Matrijal und keene Leute«. Mit Material half bei guter Führung die große vaterländische Sowjetunion. Bei Leuten, also Arbeitskräften, gab es keine Hilfe. Die Leute wollten weg oder in einer Verwaltung abhängen, nicht nur Zucker, sondern auch Goldkrone in den Kaffee kippen.

Die Menschen an die Maschinen zu bekommen, schaffte nur in wenigen Ausnahmefällen die Stasi. Aber ließen die die Knute sinken, stellte der Delinquent auch die Maschine ab und machte Pause.

Arbeitsproduktivität blieb ein Mythos, eine Sage, ein Traum, ein tränennasser Traum, ein Traum dessen Tränen längst getrocknet und versiegt waren. Tränen, von denen die Alten den Jungen erzählten, mit dem Satz schließend: »Und du wirst daran ooch nüscht ändern!«

Der mitteldeutsche Verlag brachte ein hervorragendes Buch von Werner Gilde über Arbeitsorganisation heraus. Auf dem Buch stand jedoch nicht Partei, nicht Honecker und nicht Hager, also lasen es zwar Menschen, legten es aber seufzend beiseite, kehrten vom Traumland »Deutsche Ingenieurskunst« ins reglose, wissende Warten auf eine bessere Zukunft zurück. Eine Zukunft, die wir alle nicht mehr erleben würden, den niemand wird achthundert Jahre alt.

Wider Erwarten kam die Zukunft aus dem Knick: Mauer auf, Honni weg, Margot auch, dritter Weg beiseite, einig Deutschland!

Der Neoliberalismus im Westen war schon vorbereitet, angegart, entfaltete sich beinahe widerspruchslos. Seine Dreifaltigkeit sprachen Millionen Zungen nach:

Kein Staat, geldkonforme Gewerkschaften, Niedriglohnsektor.

Egal. Wir wollten arbeiten, wir hatten es in kurzen Schüben immer mal probiert, wegen unvorhersehbarer Materialanlieferung zwei oder drei Tage geschuftet und dann wieder wochenlang Doppelkopf gespielt; typischer Arbeitsrhythmus, wenn im Land eine Partei regiert, die immer Recht hat.

Dies der weitere Grund, über Arbeitsproduktivität nachzudenken: Wir hatten Zeit. Einen Tag vertrödeln macht Spaß, zwei Tage vertrödeln auch noch, am dritten fragten wir uns: Soll so unser Leben verlaufen?

Nun also, zu Beginn der 1990er, würden wir organisiert (!) arbeiten. Dieser Traum wurde wahr. – Fernreisen und Bananen essen interessierten uns nur marginal. Manche gar nicht. Die kauften vom ersten Westgeld Bücher und Schallplatten. – Organisiert arbeiten: Also Material ist da, die Abläufe sind klar, nicht fünf Leute zu viel involviert, nicht zehn zu wenig. Ein Chef, der weiß, was passiert und der nicht dauernd im Weg steht, der acht Stunden lang keinen Schaden macht. Danach ein Feierabend, ohne das Gefühl verschluderten Lebens.

Vielen gelang das, sie arbeiteten und schafften, machten in Amerika Urlaub, verkauften das erste Westauto, kauften das zweite Westauto.

Doch der Neoliberalismus spuckte herzlich in die Wiedervereinigungseuphorie. Deutschland wurde Standort Deutschland und der war in Gefahr, war längst nicht mehr Kriegspuffer zwischen den USA und Russland, sondern ein schlimmer Virus wütete innen: die Löhne! Man zahlte Löhne! Manchmal sogar dreizehn Gehälter, obwohl es nur zwölf Monate gab! Aber eine Schale Reis pro Tag statt Westmark war den neuen Gesamtdeutschen nur teilweise vermittelbar, den alten Gesamtdeutschen gar nicht.

Davon völlig unbeeindruckt gebärdete sich der Neoliberalismus als Vernunft. Eine rote Partei mit »Sozial« im Namen überholte die schwarzen Christen mühelos auf der rechten Spur. Und wir?

Wir wollten noch immer organisiert arbeiten, weiterarbeiten, Freiheit lernen. Gashändler und Arbeitgeberverband wollten, dass nur noch Maschinen und Geld arbeiten. Arbeitsproduktivität beginnt dort, wo kein Mensch mehr bei Laune gehalten werden muss! Unsere Verträge liefen aus oder unser Vertragspartner verkaufte sich selbst und sämtliche Ausrüstung nach Amerika oder China. China entwickelte sich in eine Art symbolisch bezahlte Sklaverei zurück, bot Europa und Wallmart Stückpreise gleich welcher Ware unter einem Cent. Doch statt Sklaverei nannte man es »Wirtschaftswunder«!

Amerikaner und wir ließen die Hände sinken. Wir hatten ja plötzliches Anrucken und plötzliches Loslassen noch im Blut. Die Amerikaner meldeten sich zum Militär.

Wir schauen auf die Uhr: »Huch, zwanzig Jahre sind weg!«

Der Nachtschrank

von Kirsten Fuchs

Wir heben den Nachtschrank hoch, Position A. Einer hinten, einer vorn.
»Aber dann muss ich die ganze Zeit rückwärtsgehen.« sagt Anton.
»Genau rückwärts«, sage ich, »in der Zeit zurück.«
»Vorwärts immer, rückwärts nimmer«, leiert Anton mit Honecker-Stimme.
»Geh mal aus dem Weg«, sage ich zur Tochter, die im Flur steht. »Papa fällt sonst über dich drüber.«
Wir tragen den Nachttisch bis zur Wohnungstür und setzen nochmal ab.
»Du weißt echt nicht, wo der Schlüssel ist, Maus?«, frage ich ein letztes Mal. »Denk doch mal nach«, sage ich »Dieser Schlüssel. So eckig vorne und hinten hatte der einen Bart.«
»EINEN BART?«, schreit die Tochter und lacht.
»Sagt man so. So heißt das vorne dran. Hast du den gesehen? So einen grauen Schlüssel.« »Nein, keine Ahnung«, sagt sie. Sie sagt keine Ahnung wie »Ist mir doch egal«. Bestimmt ist die richtige Antwort: »Hab ich vergessen.« Die Tochter hat einen Kaufmannsladen, in dem alles verschwindet. Nachts kommen Fabelwesen und kaufen dort ein. Irgendeines dieser Fabelwesen muss den Schlüssel zu

meinem Nachttisch gekauft haben. Was macht das Fabelwesen jetzt damit? Das Portal zur Vergangenheit öffnen?

»Was ist da drin in dem Schrank, Mama?«

»Meine Tagebücher, Maus. Zieh mal die Schuhe an. Wir wollen zum Schuster.«

Wir heben wieder an. Position A getauscht. Ich vorne, Anton hinten. Es geht sich schwer so. Rückwärts. In der Zeit zurück. Das tut ein bisschen weh. Im Rücken. Im Herz.

Wir heben wieder an. Fast fluche ich Wörter, die ich der Tochter verboten habe. »Da sind ein paar Jahre drin«, schnauft Anton. »Die schweren Jahre.«

Die Tochter drückt den Fahrstuhlknopf, drückt den Fahrstuhlknopf und drückt nochmal den Fahrstuhlknopf. »Wieso nehmen wir denn den Schrank mit zum Schuster?«

Ich erkläre, dass der Schuster auch ein Schlüsselmacher ist und dass ich hoffe, dass er einen Schlüssel hat oder anfertigt, mit dem der Schrank wieder geöffnet werden kann.

»Warum hast du denn abgeschlossen, Mama?«

»Warum? Warum?«, sage ich. »Weil ein Schloss am Schrank ist und ein Schlüssel drin steckte. Weil's geht. Darum. Warum hast du den Schlüssel abgezogen? Weil's geht. Und warum leckt sich der Hund die Eier?«

Die Tochter schaut mich groß an.

»Kolja hat doch gar keine.«

»Ja, unser Hund leckt sich nicht die Eier. Weil's nicht mehr geht.«

Wir bugsieren den Schrank in den Fahrstuhl. Anton erklärt dem Kind, dass in dem Schrank Tagebücher sind. Und dann erklärt er, was Tagebücher sind, und dann erklärt er, warum man einen Schrank mit Tagebüchern abschließt. Damit das nicht jeder liest.

Ich denke an meine Rechtschreibschwäche. Ich bin in Sachsen geboren. Für mich gab es keinen Unterschied zwischen g und k, p und b, t und d. Das mag noch gehen, aber meine Pubertät war so pubertär. Es wäre besser keine Beweise zu haben. Mit zwölf kam die Wende in mein Leben geballert wie ein Irrer mit der BRAVO in der Hand.

Meine Tagebücher aus den Jahren gehören verbrannt oder weggeschlossen.

Der Fahrstuhl kommt unten an und als ich denke, dass die Tochter erst mal keine weiteren Fragen hat, hat sie doch noch eine: »Warum willst du denn den Schrank jetzt wieder aufschließen, Mama?«

»Ich will nachsehen, ob die Tagebücher noch da sind.«

»Na klar sind die noch da. Sonst wäre doch der Schrank ganz leicht.«

Anton und ich heben den Schrank in Position C, einer links einer rechts und weil wir so nicht durch die Fahrstuhltür kommen, laufen wir beide seitwärts.

»Aber vielleicht sind ja auch nur lauter Wackersteine drin«, sage ich »Maus, mach mal die Haustür schon auf. Bitte!«

Wir laufen in Position D, einer links, einer rechts, beide vorwärts zur Tür raus.

»Mama, sag doch mal, warum soll der Schrank jetzt auf?«

Nein, man kann Kindern nicht eine dumme Antwort für eine Antwort vormachen.

Ich weiß nicht, wo ich anfangen soll zu erklären. Ein Kollege hat mich gefragt, ob ich was zur Wendezeit schreiben will. Will ich nicht, habe ich sofort gedacht. Oder zur DDR. Will ich nicht, habe ich wieder gedacht. Ich hab die

DDR ganz furchtbar geliebt. Das ist mir peinlich. Ich war zwölf.

Menschen, die die DDR nicht so geliebt haben, die können darüber schreiben. Schlimm, wie schlimm. Ach, wie lustig, ach, wie putzig, Gott, wie seltsam und irre wie einzigartig. Und wenn sie in diesem einzigartigen Staat aufgewachsen sind, dann sind sie selbst auch gleich ganz einzigartig.

Ich hingegen, die ich die DDR ernsthaft geliebt habe, ich kann damit nicht angeben gehen. Das ist nicht lustig. Das ist peinlich. Peinlich ist das nämlich. Doof und kindisch. Und ich war wenigstens zwölf. Die anderen in meiner Familie waren älter. Und da gab es systemnahe Tanten und Onkels und andere Dienstgrade im Familiengefüge.

Darüber kann ich nicht schreiben. Das sind nicht meine Geschichten. Das sind ihre.

Und meine Geschichte?

Alle haben mir auf einmal gesagt, dass die DDR nicht toll war. Dass ich meine Liebe einstellen soll. Das haben die Erwachsenen zu mir gesagt, die vorher gesagt haben, dass die DDR toll ist. Das tollste kleine Land auf der Welt. Und diesen Erwachsenen fiel es ganz leicht, ihre Liebe einzustellen. Vielleicht war es bei denen gar keine Liebe gewesen.

Außerdem haben sich meine Eltern getrennt.

Ich war entwurzelt, entrindet. Nichts war mehr wahr.

Anton will wieder die Trageposition wechseln.

Ich schnaufe: »Ich will in den Tagebüchern etwas nachlesen.«

Ein Hund bellt uns an. Er ist schwarz und hat ein Gefühl dafür, dass diese Situation nicht ganz normal ist. Zwei mit einem Schrank auf der Straße. Bestimmt bellt er auch, wenn jemand drei Brillen im Gesicht hat. Ein sensibler Hund.

»Klappe, Alf!«, sagt sein Herrchen.

»Was willst du in dem Tagebuch lesen, Mama?«

Ich sage, dass ich als Kind in einem Land war, das es nicht mehr gibt. Und ich sage, dass ich lesen möchte, was ich als Kind geschrieben habe über dieses Land, das es nicht mehr gibt.

In der Tochter wachsen Fragen. Kann ich zusehen. Plopp. Plopp. Eine nach der anderen. Wohin geht ein Land, das verschwindet?

»Wir reden nachher weiter, okay?«

Okay, findet sie und hüpft ihrer Umwege.

Endlich finden wir mit Trageposition F eine, die für uns beide bequem ist. Beide seitlich, Schrank unten angefasst. Wir können uns gerade so über die Platte oben angrinsen. »So ist gut«, sage ich. Da sind wir schon fast am Laden.

Die Tochter singt: »Der Schuster ist ein blöder Mann. Der klebt die Hacken vorne an.«

»Lass das!«, sage ich.

»Was denn? Das sagt man so.«

Der Schuster ist kein blöder Mann, er ist ein komischer Mann. Er heißt Roman und ist aus Rumänien. So hat er sich vorgestellt. Seinen Nachnamen könne niemand aussprechen. Einmal bin ich mit meinen ausgeblichenen roten Schuhen zu ihm gegangen und habe ihn gefragt, ob er die wieder färben kann. Da hat er mich über seine Brille angesehen. Nein, hat er gesagt. Und dann hat er gewartet, ob ich weiter gehe. Ich habe gefragt, was man denn machen könnte, die blassen Schuhe in der Hand. Die müssen sie putzen, hat er gesagt.

Habe ich ja schon, ich daraufhin.

Da hat er mich wieder über die Brille angesehen. Es ist ein ganz kleiner Mann, aber mit einem großen Blick. Ich frage, ob es vielleicht so rote Schuhcreme gibt.

»So was gibt es«, sagt er und wartet, ob ich jetzt endlich den Laden verlasse.

»Haben Sie so was?«, wage ich mich noch einen Schritt weiter vor. »Rote Schuhcreme? Also, verkaufen Sie so etwas?«

Er kommt hinterm Tresen hervor, geht zum Regal neben mir, nimmt ein Döschen heraus und gibt es mir. Das alles mit einem Gesichtsausdruck, als hätte ich das auch alleine machen können. Das finde ich die Höhe, denn ich habe ja schon das Beratungsgespräch mit mir ganz alleine geführt.

Während ich soziale Programme laufen lasse, lächeln zum Beispiel und ein Sprüchlein machen: Ach so, ha ha, da stehen die farbigen Schuhcremes, sieht mich Roman aus Rumänien weiter an und wartet, wann ich endlich die Türklinke von außen berühre.

Ich gebe ihm Geld und Trinkgeld. Er nickt und geht in seine Werkstatt, schleift Vampirzähne in Schlüsselrohlinge.

Ich bin sehr gespannt, was Roman aus Rumänien jetzt sagen wird zu meinem Schrank und meinem Problem.

Den müssen Sie öffnen, könnte er sagen. Da brauchen Sie einen Schlüssel für. Oder er könnte mich über seine Brille ansehen und sagen: Schuhe, Schlüssel, aber keine Schränke.

Als wir den Laden betreten, kommt Roman hinten aus der Werkstatt.

»Schlüssel verloren!«, sage ich und zeige auf den Schrank.

»Weil der Hund seine Eier leckt«, fügt meine Tochter hinzu.

Roman sieht sie kurz an. Sein Mund lächelt nicht, seine linke Augenbraue schon. Während er sagt, dass er da nichts machen könne, kniet er sich vor den Nachtschrank und schaut in das Schloss hinein. Obwohl wirklich nichts zu machen sei, soll ich aufzeichnen, wie der Schlüssel aussah. Vorne, nicht hinten. Er schüttelt den Kopf. Da sei wirklich gar nichts zu machen. Dann nimmt er einen Schlüsselrohling, probiert ihn aus, schleift ihn etwas, probiert ihn aus, schleift ihn etwas. Nein, da sei wirklich nichts zu machen und schon hat er die Tür geöffnet.

Er sieht mich über die Brille an. Ich sage: »Guter Mann!« Er winkt ab.

Anton atmet ein, als hätte er, seit wir den Laden betreten haben, die Luft angehalten. »Mama, der Schrank ist auf!«

»Ja, Maus, das sehe ich.«

»Mama, er hat es geschafft«, schreit sie.

»Ja, ich höre dich.«

»Mama jetzt kannst du über das Land lesen, das es nicht mehr gibt.«

Roman schaut mich über die Brille an. Ich frage ihn, was er dafür bekommt, immerhin hat er einen Schlüsselrohling verbraucht. Er winkt ab.

Jetzt ist der Schrank auf.

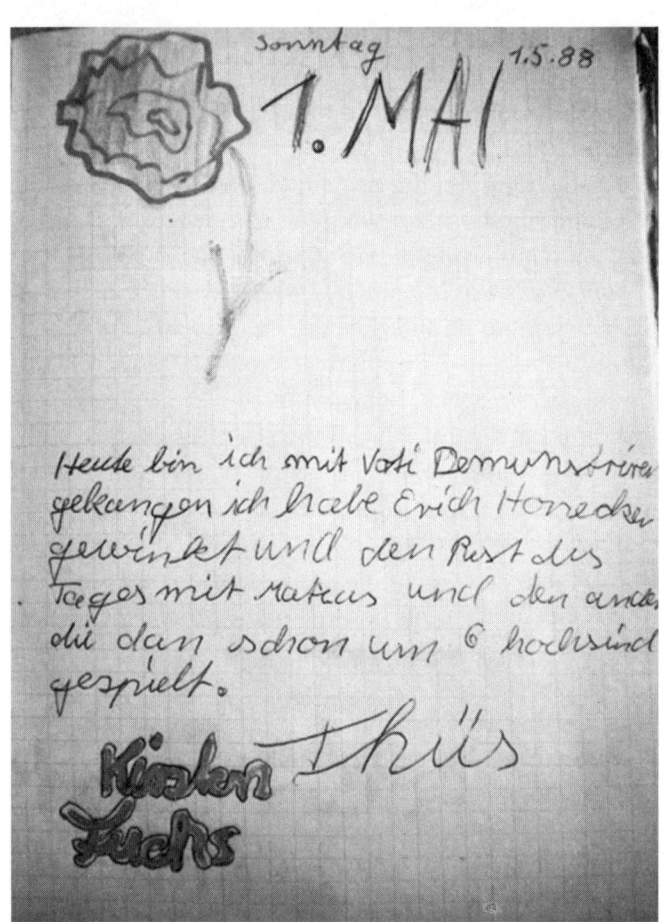

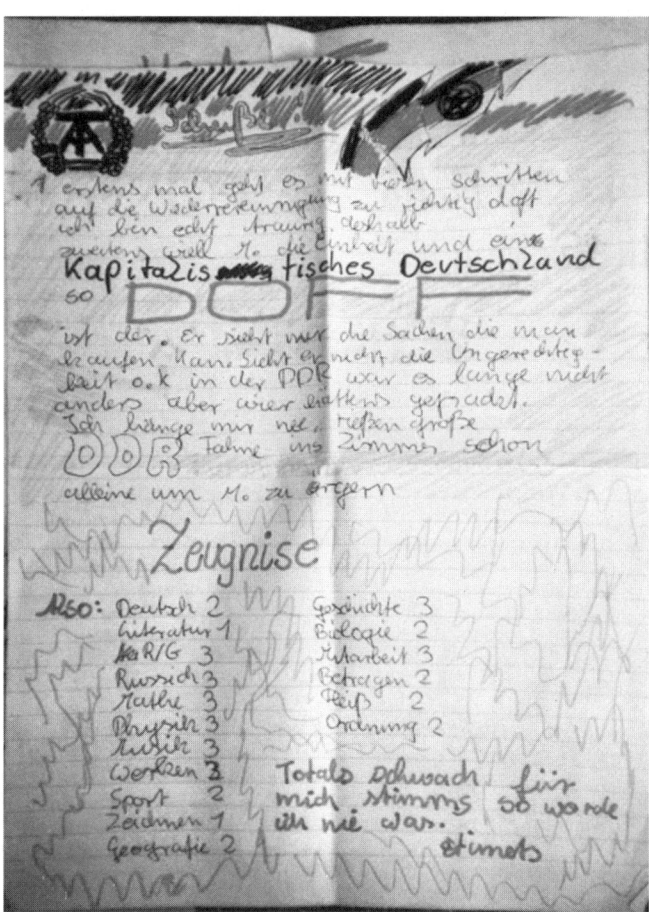

Jetzt soll KOHL 2 zu 1 tauschen also 2 Ost Mark in 1 DM. Mein Inos Ruth verdient 400 Mark im Monat mit 200 DM ist sie ange- schafsen. Den Rest bis zu 1000 Mark Wasser bis zu 300 Mark und dann noch Lebensmittel. Nein Danke!
KOHL!

Hallo!

Heute ist Währungsunion 1:1. Ich habe schon 1,77 DM. Toll wa. Gestern nacht um 12:20 Uhr v knallte es drausen. Ich dachte es ist eine neue Natur gewart. Es klang als ob riesengroße Steine mit großer Wucht auf den

Hot Knarren. Ich dachte die
Erde rupfe auseinander oder
außer irdische landen.
Mutti sagte frühs sie feiern
die DJ. Na Danke und deshalb konnte ich nicht schlafen.

NEW KIDS
ON THE
BLOCK!!!

PS: Bekam von
vati 50DM kaufte
Regenschirm und
Barbi. (Petra)

Manuela gesagt das Markus sie auch nicht guthfindet. Mann weil ihn nicht alle ist er schon so gut wie mein Freund. Herr afeksel. Ich wollte eigentlich mit zur Demo doch naja Asterix.

Blau war meine Lieblingsfarbe
von Jakob Hein

Den Tipp hatte ich von Lambertz bekommen, einem windigen Typen, der immer mit seinem nagelneuen Geländewagen vor dem Wurststand parkte, um dort eine kleine Wiener und ein großes Bier zu bestellen.

»Ich geb dir die Adresse, aber von mir hast du sie nicht«, sagte Lambertz, während er mit seinem letzten Rest Bier versuchte, den Schaum vom Becherrand zu spülen. Choriner Straße 63, das war nicht weit. Zweimal klingeln bei »Pieck«. Ich schob das letzte Stück Curry in den Mund. Heute war Angelika da, die mir ohne zu fragen immer ein blaues Plastikgäbelchen dazulegte. Blau war meine Lieblingsfarbe. Ich nickte Lambertz noch kurz zu und machte mich auf den Weg.

Es war eines der wenigen noch nicht sanierten Häuser. Im verkommenen Hausflur hing eine bunte Kollektion kaputter Briefkästen halbherzig von der Wand. »Keine Werbung« stand auf den meisten, eigentlich ein Gewinn für beide Seiten, wer hier wohnte, war mit Sicherheit kein Zielpublikum für Werbung. Pieck wohnte im dritten Stock. Auf seine Tür waren Dutzende von Nachrichten direkt auf das Türblatt geschrieben worden. »Du warst nicht da, komme nachher wieder. Wurm« oder »Wir treffen uns achtzehn Uhr im Kanonier. Herti«. Ich klingelte zweimal.

»Ja ja«, tönte es von drinnen. Ein Schlurfen wurde nur durch gelegentliches Husten unterbrochen. Dann ging die Tür auf und ein nicht besonders großer Mann mit Augenringen, deren Farbe schon ins Schwarze spielte, sah mich an. »Warum musst Du gleich Sturm klingeln?«

»Lambertz hatte gesagt zweimal klingeln.«

»Lambertz!« Pieck lachte nur kurz auf, drehte mir den Rücken zu, ohne die Tür zu schließen, und schlurfte in seine Wohnung hinein. Ich nahm das als Aufforderung, ihm zu folgen.

Am Küchentisch zündete sich Pieck eine selbstgedrehte Zigarette an, die rasch den intensiven Geruch schwarzen Tabaks in der ganzen Küche verbreitete. Seine Kleidung verriet entweder, dass er keinen Besuch erwartet oder dass er nichts Besseres anzuziehen hatte. »Und was willst du?«, fragte er mich aus den Tiefen seiner Qualmwolke.

»Lambertz hat erzählt, du hättest eine bestimmte Maschine hier zu stehen.« Mein »Du« ging mir noch nicht leicht von den Lippen, schließlich kannte ich ihn erst seit zwanzig Sekunden. Was eigentlich war mit dem guten alten »Sie« passiert?

»Lambertz erzählt viel, wenn der Tag lang ist«, sagte Pieck und nahm noch einen tiefen Lungenzug, bevor er mit der glühenden Spitze des Zigarettenrestes noch einen freien Platz auf dem Boden des vor ihm stehenden Riesenaschenbechers suchte, der so aussah, als hätte er ihn mal in irgendeiner Therapie selbst getöpfert. Früher gab es auf jeder Party einen Käseigel, durch die unzähligen Zigarettenreste sah das Ding vor ihm so aus wie ein Kippenigel. Piecks Igel.

»Aber Lambertz sagt, du hättest eine Maschine«, ich senkte meine Stimme zu einem Raunen, »mit der man durch die Zeit reisen kann.«

»Ach, leck mich am Arsch!«, brüllte Pieck und schlug verärgert mit der flachen Hand auf den Tisch. »Lambertz hier und Lambertz da. Der Mann ist doch ein Riesenarschloch.«

»Das stimmt«, gab ich zu. »Aber auch Riesenarschlöcher haben manchmal recht.«

»Ja. Wenn sie so erschöpft vom ganzen Scheißeerzählen sind, dass sie eine kleine Pause machen müssen, dann haben Riesenarschlöcher zwischendurch manchmal recht. Aus Versehen, sozusagen.« Pieck drehte sich schon die nächste Zigarette.

»Und?« Ich versuchte ihm in die Augen zu sehen, so lange vor diesen noch nicht die nächste Rauchwand stand.

»Was und?«

»Hat Lambertz recht mit der Maschine oder nicht?«

»Leck mich am Arsch!«, sagte Pieck resigniert und zündete sich die Zigarette an. »Da hinten«, sagte er und machte eine Kopfbewegung. Gespannt sah ich mich in der Küche um. »Wo?«

»Na da!« Er zeigte entnervt auf die Duschkabine, die in der Ecke stand. Diese Duschkabinen sollten im Osten eine Lösung sein, wenn man eine Wohnung ohne Bad hatte. Sie wurden meist in der Küche aufgestellt. Im Boden war ein kleiner Boiler eingebaut, den man zwanzig Minuten vor dem Duschen anstellen musste. Man musste höllisch aufpassen, dass der Abfluss nicht verstopfte, der nur mit einem kleinen Rohr an das Abflussrohr der Küche angeschlossen war, sonst gab es schnell eine Sauerei. Die einzige Alternative war eine Badewanne gewesen, die man unter dem Spültisch hervorzog und die man dann über einige Stunden mit einem kleinen Schlauch befüllte, den man an den Küchenhahn anschließen musste. Duschkabinen waren nicht gut, aber besser als die Badewanne waren sie allemal. Eine echte Ost-Lösung.

»Was ist mit der Duschkabine?«, fragte ich.

»Das«, knurrte er, »ist die Maschine, von der Lambertz erzählt.«

»Das?«, fragte ich erstaunt.

»Ja, das.«

»Sieht mir aus wie eine ganz normale Duschkabine.«

»Das wird wohl daran liegen, dass es eine ganz normale Duschkabine ist«, sagte Pieck. Den Sarkasmus seines Tons hätte man in Scheiben schneiden und damit Stullen belegen können.

»Aber Lambertz hat erzählt, dass hier eine Zeitmaschine ist.«

»Ja.«

»Aber du sagst doch, dass das eine normale Duschkabine ist.«

»Ich glaube, ich hole mir mal ein Bier.« Pieck stand auf und angelte sich aus dem Kühlschrank eine Flasche. Hätte er mir auch eine angeboten, hätte ich vielleicht höflich abgelehnt, aber so fand ich das Ganze etwas unhöflich. Er öffnete die Flasche und ließ sich den halben Inhalt in den Mund laufen. Ich kam mir langsam vor wie ein Besucher im Tierpark.

»Das Ding ist eine normale Duschkabine und eine Zeitmaschine.«

»Gibt es irgendwo extra Knöpfe oder Schalter? Wie funktioniert das Ding?«

»Sehe ich aus wie ein Wissenschaftler?« Es war eine rhetorische Frage. Pieck zeigte auf seinen löchrigen Pullover und die verdreckte Küche. »Das Ganze ist mir aus Versehen passiert. Ich wollte mich duschen und habe den Boiler nicht ausgeschaltet, bevor ich in die Kabine gestiegen bin. Als ich das heiße Wasser andrehte, habe ich mich verbrüht und vor Schmerz mit dem Fuß aufgestampft.«

»Das soll man nicht machen!«, entfuhr es mir.

»Wem sagst du das? Jedenfalls muss ein kleiner Riss in den Boden gekommen und irgendein Strom an der falschen Stelle geflossen sein, eh ich mich versah, war ich in der Zeit gereist.«

»Wahnsinn!«

»Wahnsinn, das dachte ich zuerst auch: ‚Du hast einen Schlag bekommen und bist durchgedreht.' Aber es stellte sich heraus, dass ich es ein- und ausschalten kann und dass sogar andere damit reisen können. Dein sauberer Freund Lambertz zum Beispiel, der zufällig an dem Tag hier war und mir mal wieder irgendein krummes Geschäft andrehen wollte.«

»Lambertz ist nicht mein Freund«, sagte ich.

»Natürlich nicht. Lambertz hat keine Freunde.« Pieck trank sein Bier aus und nahm den letzten Zug aus der Zigarette.

»Und wie ist es? Dürfen auch andere mit der Maschine reisen, ich zum Beispiel? Was kostet das? Muss ich vorher irgendwas machen?«

Er zögerte. »Die Maschine hat einen entscheidenden Fehler«, sagte er dann.

»Welchen?«

»Man kann sich sein Reiseziel nicht aussuchen.«

»Das ist ja wie im Osten«, lachte ich.

»Gutes Stichwort«, sagte Pieck und sah mich prüfend an.

»Wie meinst du das?«

»Man kann mit der Maschine nur in den Osten fahren. In die DDR, genauer gesagt.«

Er war plötzlich ganz ernst.

»Wie bitte?« Da seine nächste Zigarette noch nicht fertig gedreht war, hatte ich freie Sicht über den Küchentisch. »Du verarschst mich, oder?«

»Ganz bestimmt nicht«, sagte er. »Ich wünschte, es wäre anders. Vielleicht hängt es damit zusammen, dass die Duschkabinen aus dem Osten kommen oder dass es sie nur im Osten gab oder weiß der Himmel! Jedenfalls kannst du mit dem Ding da drüben nur in die DDR fahren.«

»Das ist ja schrecklich«, stellte ich fest.

»Na ja«, sagte Pieck, »immerhin kann man sich aussuchen, in welche Zeit der DDR man zurückfahren will. Ganz schlecht ist es also nicht.«

»Großartig«, sagte ich genervt. »Man kann sich aussuchen, ob man in die stalinistischen fünfziger, die ulbrichtianischen sechziger, die konservativen siebziger oder die unentschlossen verschnarchten achtziger Jahre des ‚Ersten Arbeiter- und Bauern-Staats auf deutschem Boden' zurückreisen möchte.«

»Mein Ding ist das auch nicht«, winkte Pieck ab. »Aber Lambertz hat gemeint, vielleicht wäre das was für dich. So als Schriftsteller durch die Zeit reisen und dann darüber Bücher schreiben. Viel Geld verdienen und so.«

»Kollege!«, sagte ich und versuchte das so klingen zu lassen wie das ‚Sportsfreund', dass unser Biologielehrer immer gebrauchte, wenn er uns zur Ordnung rufen wollte. »Ich habe schon mal in der DDR gewohnt. Ich brauch das nicht noch mal. Ich möchte keinen weiteren Tag dort sein.«

»Na ja«, versuchte Pieck abzuwiegeln, »Lambertz dachte nur, dass du dann darüber schreiben könntest und dass man so vielleicht den großen Reibach machen würde.«

»Hör mal!« Ich beugte mich zu ihm über den Küchentisch. »Ich habe nicht die Absicht, der letzte lebende DDR-Schriftsteller zu werden. Außerdem glaube ich nicht, dass man mit recherchierten Büchern über den Osten den großen Reibach machen kann. Am besten ist es, solche Bücher lose auf Fakten basierend so zurechtzuschreiben, wie man es gerade haben möchte. Die DDR als Gulag oder die DDR als Paradies, je nach Geschmack. Dazu braucht man bestimmt keine Zeitmaschine.«

»Hmm.« Pieck schien etwas enttäuscht, ich konnte ihn aber durch die Zigarette nicht mehr klar erkennen.

»Und was, wenn euer Teufelsding kaputtgeht? Dann stecke ich fest in der DDR, sagen wir in den fünfziger Jahren. Ich fand das Land damals schon nicht lustig, aber mit dem Wissen von heute wäre es nicht zu ertragen. Ich würde nur schreiend mit zugehaltenen Ohren durch die autoleeren Straßen der grauen Häuserzeilen rennen. Eine Nervenheilanstalt wäre dann durchaus nicht das Schlimmste, was mir zustoßen könnte.« Ohne zu fragen, nahm ich mir einen großen Schluck aus der zweiten Bierflasche, die Pieck vor sich hingestellt hatte.

»Ich verstehe«, sagte er resigniert. »Ich hatte nur die Hoffnung, irgendeine Verwendung für das Scheißding zu finden. Ein bisschen Kohle wäre nicht schlecht, wenn du weißt, was ich meine.«

Er tat mir etwas leid. »Vielleicht wenn das Ding nicht hier stehen würde, sondern ganz woanders?«, schlug ich vor. »Vielleicht ist es irgendwie ortsgebunden.«

»Lass mal«, winkte Pieck ab. »Das haben wir auch schon probiert. Ich bin mit dem Ding bis nach Mallorca geflogen, weil dafür die Tickets am billigsten waren. Ich habe es angeschlossen und ausprobiert, aber es ist dabei geblieben. Das war vielleicht bizarr: In einer Sekunde bist du heute in Palma, in der nächsten gestern in Borna. Nein, mit dem Ding kann man nur in die DDR fahren.«

»Dann schmeiß es weg!«, entschied ich. »Zerhack es, zertritt es, zerstör es, aber mach es kaputt, bevor es dich kaputt macht. Klar, es gibt eine Haufen Leute, die von sich behaupten, sie würden gern die DDR zurück haben. Aber schau dir die mal genauer an: Die haben einen Riesenfernseher, einen Computer, ein richtiges Auto und ein frisch gefliestes Bad. Die würden es keine Minute mehr in der DDR aushalten. Und Leute, die tatsächlich mit diesem Ding reisen wollen, sind so gestört, dass jeder Mensch einen weiten Bogen um sie machen sollte. Oder willst du etwa noch öfter in die DDR fahren?« Er schüttelte entschieden den Kopf. Jetzt war ich froh, dass er mich sofort geduzt hatte, denn an dieser Stelle passte das Du.

»Das macht dich doch kaputt, Mann! Die Spruchbänder, die Paraden, die Schlamperei, die Verlogenheit, das miese Fernsehprogramm, die Uniformen, die unlesbaren Presseorgane, die den Namen Zeitung nicht verdient haben. Das miese Essen, die fiesen Kellner, das schlechte Klopapier. Ich sag dir, steig da aus, solange du noch kannst!«

»Die Straßenbahn ist billig«, sagte er zaghaft.

»Wie?«

»Nur zwanzig Pfennige für einen Erwachsenen, aber eigentlich muss man gar nicht bezahlen.«

»Dafür bekommt deine Meinung einen Maulkorb und deine Reisefreiheit eine ganz kurze Leine. Ich würde sagen, dass sind die teuersten zwanzig Pfennige deines Lebens, wenn die Maschine mal kaputtgeht«, sagte ich entschieden.

»Du hast ja recht.« Pieck war in seinem Stuhl zusammengesunken und betrachtete interessiert die Tischkante.

»Nichts für ungut«, sagte ich, »aber ich werde mich mal auf den Weg machen.«

»Ja, tschüss«, sagte Pieck bewegungslos.

»Und denk an meine Worte: Zerhacks!«

»Hmm.«

Ich verließ seine Wohnung mit einem unguten Gefühl in der Magengegend. Vielleicht sollte ich später noch einmal mit meinem Werkzeugkoffer zurückkommen.

Überlegungen zu Lutz Bertram, der Anerkennung und dem Widerstand

von Manfred Maurenbrecher

Anfang der 1990er war das Enttarnen ehemaliger Stasi-Informanten eine oft und von DDR-Dissidenten gern geübte Routine, eine stattliche Zahl von Persönlichkeiten der Ex-DDR musste deshalb gleich das Feld des neuen öffentlichen Lebens wieder räumen, mit dem sie sich eben erst vertraut gemacht hatten. Deutschlandkenner Günter Gaus sprach damals auch von dem Zwang zum laufend wiederholten Bekenntnis, die DDR sei ein Unrechtsstaat gewesen.

Im damaligen Ostdeutschen Rundfunk Brandenburg hatte sich ein sogenannter »Frühstücksdirektor« etabliert – der blinde Moderator Lutz Bertram, der jeden Vormittag Gespräche im Studio mit politischen, kulturellen, wirtschaftlichen Schwer- und Leichtgewichten führte. Er tat das auf bisher (und leider auch seitdem) unerreicht hohem Niveau, mit ebenso hoher Einschaltquote – und die Nachricht, auch Bertram sei ein Stasispitzel gewesen, schlug in Berlin/Brandenburg wie eine Bombe ein. Eine kleine, aber immerhin. Dies der Hintergrund für den folgenden Text vom Januar 1995.

Vieles ist in den vergangenen Wochen über den Journalisten und Stasi-Mann Lutz Bertram gesagt und geschrieben worden, die Gespräche setzen sich in den Bar- und Cafenächten fort. Ein Puzzlesteinchen vom Tollhaus mehr, dachte ich, als ich die Schlagzeile vorvergangenen Samstag in der »Märkischen Oderzeitung« zu lesen bekam, wo sie, wie ich fand, auch hingehörte. Was haben sie nur wieder ausgebrütet, dachte ich.

Als Alt-Westberliner, einiges von der Paranoia gegen »linken« Terror noch manchmal im Halbschlaf vor mir, kann ich das Grauen über den vergangenen Überwachungsstaat nebenan noch immer nicht in allen Verästelungen begreifen, und in schlechten Stunden setzt der Reflex bei mir ein: Na und – everybody must get stoned –, wenn am Ende jeder dabei war, dann hatten sie drüben eben eine vollausgebildete Demoskopie, die bekanntlich zu gar nichts nutzt.

Zwei sehr private Beispiele, warum ich zwar an die Verschiedenheit der beiden deutschen Systeme, aber wenig an die qualitative Überlegenheit des gebliebenen, offenen Umgang miteinander und freie Informationen betreffend, glauben mag:

Ja, es gab Zensur in der DDR. Aber ich werde nicht vergessen, wie mich Lea Rosh einmal in einer ihrer Talkshows (einer jener Quatsch-nicht-sondern-sag-was-ich-hören-will-Sendungen) bei der Songauswahl eiskalt zensiert hat, und ich habe mich nicht gewehrt, weil eine Platte zu promoten war. Die Sendung hatte mit Drogen zu tun, nicht mit Zensur in der Ex-DDR.

Ja, es gab Mediengleichschaltung dort drüben. Aber drei Stunden Auto fahrend tippe ich mein Radio von Nachrichtensender zu Newspoint und immer weiter durch alle Kanäle durch und kann am Ende die Befehlsleier, was auf der weiten Welt wichtig sei, schon ganz alleine aufsagen.

(Es war an jenem Tag einmal keine Meldung eines jener Ex-Dissidenten dabei, deren tagespolitiknahe Stasi-Enthüllungen im Kanon des Wichtigzunehmenden immer enthalten sind. Was die Lieferanten wissen und genießen – Lutz Rathenow: »Mit Lyrik käme ich nicht in die Tagesschau ...«)

Weil mich Zensur und Gleichschaltung ärgern, mag ich übrigens Lutz Bertram. Seit ich Frühaufsteher sein muss, bin ich sein Fan geworden. Der Mann stellte Fragen, tilgte Phrasen und anstatt dem Gesprächspartner aufzudrängen, was er zu denken hat, nahm er bisweilen die Rolle eines Gegners im Gespräch an – vor allem aber: Er sprach eine wirkliche Sprache. Schon allein deshalb gab es in seinem Morgenmagazin kaum ein Abgleiten in den Sumpf der Klischees, seine Sätze waren den Gedanken entsprechende Konstruktionen.

Eine Stunde mit dem »Frühstücksdirektor« auf ORB immunisierte mich gegen zehn Werbeblöcke, die sich Alltag nennen; er bot Geisttraining morgens – und abends, um es zu vervollkommnen, nehme man dann Fontane, nicht Kuttner!

Im Gegensatz zu einigen seiner Kollegen, die ihm jetzt Ade schreiben, glaube ich nicht, dass Bertram ersetzbar ist.

Die Stasi aber, unvergleichlich mit allem, was wir im Westen aufzubieten haben, war eine absurde Gemeinschaft. Im DDR-System, das habe ich verstanden, markierte sie die Grenze zwischen den rechtsstaatlichen Rudimenten und purer Willkür – eine Trennlinie, vor der man sich wohl in vielen Fällen mit Ja oder Nein entscheiden konnte; man konnte auch Nein sagen. Aber absurd und planlos in ihren Wirkungen dann auch, diese »Staatssicherheit«: Es kam ja vor, dass eine engagierte Frau von zwei Anwälten und einem Ehemann in drei Richtungen beraten wurde, und alle drei Männer gehörten je einer Stasi-Abteilung an (bzw. man vermutet es).

Wegen dieses Gespenstischen, wegen des paramilitärischen Anstrichs auch, ist die Organisation jetzt vielleicht so geeignet, als Scheidewasser für die Karrieren und die persönliche Integrität der dem Westen des Landes zugewachsenen Eliten herzuhalten. Übrigens nur bestimmter; in Wirtschaftskreisen wird pragmatischer geheuert und gefeuert.

Die Stasi ist wie der Intellektuelle in Uniform, als Diener der Willkür vergleichbar Gottfried Benn 1933 – und vielleicht Botho Strauß in den kommenden Jahren? Stasi, das ist Schuld, da ist Einigkeit (ceterum censeo ...) – ich kann dem Gedanken folgen.

Jetzt also der Stasi-Mann Lutz Bertram – das versprach im zweiten Moment doch einige Spannung. Will er den Finger in die Wunde legen, sich selbst als Show-Effekt im Streit nutzend?

Ich hatte mir den blind gewordenen Moderator fester vorgestellt, als er jetzt mit zwei Herren beim klärenden Gespräch saß, hätte ihn mir kälter gewünscht. Typisch für mich und den Wunsch, mir diesen exzellenten Journalisten für meinen Tageslauf zu erhalten, war die Vorstellung, Bertram würde ein weiteres Frage-und-Antwort-Spiel veranstalten, wie bei ihm üblich, und eher am inneren Gefüge des Sachverhalts interessiert sein als an den Wertungen. Vom Persönlichen absehend auch.

Er war aber aufgewühlt, und als er anfangs von seiner Ohnmacht gegen die Behördenwillkür angesichts der hereinbrechenden Blindheit erzählte, von seiner Bestechlichkeit also, von der »Lücke im Immunsystem« damals, als junger desorientierter Spund im Überwachungsstaat, da bekam er eine mir fremde, fast süßliche, um Verständnis und Vergebung ringende Stimme – eine frühere Stimme, wie ich jetzt glaube.

Warum dieser Mann denn nun genau IM geworden ist, hat er den befragenden Herren und mir nicht erklären können – auf der Ebene privater Motive, »der Inszenierung« (wie es jetzt in der Presse heißt), gelingt das wohl keinem der sogenannten Täter von damals. Dieser Part brachte Traurigkeit – ein Elend eben, wenn Privatestes und die Sphäre der Macht sich so ganz direkt mischen, weil Not verfügbar macht und die Macht darauf lauert.

Das mag man – angesichts der Konsequenzen – als zu privat abtun. Aber in jedem Leistungssystem ist dies Elend, die Stelle privater Tragik, genau der Punkt der Persönlichkeitsbildung – hier entscheidet sich, wer sich unabdingbar und unverwechselbar machen kann, wer zur Elite gehören, wer »seinen« Weg finden wird. Ganz immun sein zu wollen gegen die umgebende Gesellschaft heißt nämlich auch, ganz verhüllt und in sich versunken in ihr hocken zu bleiben.

Bertrams frühe Stimme hat in der Sendung am Samstagabend vorgeführt, was aus ihm hätte werden können: ein selbstmitleidiger, Rührung provozierender Kranker. Durch die Wichtigkeit, die das System ihm (qua Stasi) verlieh, muss eine Art von Selbstfindung passiert sein – das war zwischen den Sätzen sehr deutlich –, eine Stärkung der Beobachtungsgabe und des Intellekts, der inneren Kräfte – durch Korruption, durch die Aufspaltung in Zwei, wie der Mann selber sagte. Ich kann nicht behaupten, der Vorgang wäre mir unbekannt. Die vertraute, selbstgewisse und hysterisch klare Stimme, zu der Bertram gegen Ende des Gesprächs dann zurückfand, sah ich als das Ergebnis einer Art von Schulung vor mir – da hat also einer, weil er sich mies machen musste, erst zu sich selber gefunden und damit zu einer Arbeit, die unverwechselbar ist, weil nur er sie so kann.

Bertrams Arbeit: Mit Mächtigen plaudern, sie sich dabei verraten lassen, sie ins Leere, in ihre eigene Struktur rennen lassen – wer das leistet, dem muss die Umgebung, in der diese Menschen sich bewegen, vertraut sein ...

Ist Bertrams Geschichte dann nicht ein wunderbarer Vorgang, Ziel jeder leistungsorientierten Persönlichkeitsbildung, von jeder auf Eliten zählenden Gesellschaft so gewollt, hier noch gekrönt durch den Fakt, dass das System, dem er diente, verschwunden ist und ihn also freiließ zu weiterer Vervollkommung: Er war ja jetzt ohne Führung und durfte seine Schulung zu öffentlichen Lektionen im Machtgebrauch nutzen?

Warum also nutzen wir diese Begabung nicht?

Ob er jemandem geschadet habe, treibe ihn um, sagte der »frühe« Lutz Bertram in dem Gespräch mit den Herren. Die Menschen, an denen er als Spitzel schuldig wurde, sind nicht verschwunden. Es gilt nur ein neues System. Ist es menschlicher? Welcher westlich aufgewachsene Karrierist, als unsicherer, wispernder Jungspund von einem Interessenverband, einer Lobby gefördert, an seinem wunden Punkt gepackt und auf Ziele angesetzt, die der Geheimhaltung unterliegen, »um sich die Hörner abzustoßen«, muss sich je fragen, was er auf seinem Weg nach oben (nach dem

Verständnis der Eliten also: zu sich selbst) angerichtet hat? Deutlicher: Wer hätte jemals wohl niemandem geschadet auf seinem Weg in die Anerkennung, in die berufliche Meisterschaft, die – wie wir wissen – selten von Integrität geprägt ist, aber immer von Können, Waghalsigkeit, Eitelkeit, Risikosucht und manchmal von Genie?

Ob eine Hinneigung zur Stasi, die zu brillantem Journalismus geführt hat, dabei verwerflicher ist als eine Hinneigung zur verwertbaren Tagesmeldung, die aus Ex-Dichtern, Ex-Filmern, Ex-Maler(innen) eine Art von Moral-Meldegängern gemacht hat, möchte und muss ich nicht entscheiden.

Ich gestatte mir, hier nur auf Wirkung zu achten.

Und dann gilt – pathetisch gesagt: Wenn der Staatssozialismus der DDR eine Spielart von Orwells »1984« – Utopie war, dann sind wir, auf unserem Boden, längst in einer Spielart von Huxleys »Brave New World« – und auf dieser Basis entscheidet sich, wer zur eigenen Sprache (sprich dem eigenen Gedanken) fähig geblieben sein wird. Man kann auch hier Ja sagen, Nein sagen, oder sich JAJA-NEINNEIN der bedingungslosen Verfeinerung seiner Fähigkeiten hingeben.

Wer aber bei uns ganz naiv »Mensch« ist, der brüllt ein »Ich habe gewechselt« in ein bereitgehaltenes Mikrofon des Privatrundfunks, streicht im Vorbeigehen eintausend Mark ein und macht sich dann schnell wieder aus dem Staub ...

Mein 9. November
von Jochen Schmidt

9.11.1970
Um vier Uhr nimmt meine Mutter ein Taxi ins Krankenhaus Berlin-Friedrichshain, von wo man sie erst weiter in die Charité schicken will, weil der Schichtwechsel kurz bevorsteht. Beim Waschen in der Kabine kann sie nicht mehr gerade stehen, die Presswehen setzen ein. Im Krankenhaus herrscht nachts Stromsperre und der Generator ist kaputt, im Licht der Kerzen, die noch von der letzten Weihnachtsfeier stammen, betrachtet die Hebamme den Mutterkuchen, meine Mutter befürchtet, dass sie nicht gut sieht und Reste in ihr bleiben, was Krebs verursachen soll. Sie hat zwei Liter Blut verloren und bekommt eine Blutkonserve und einen Kochsalztropf. Am schmerzhaftesten ist es, als ihr eine Waschschüssel untergeschoben wird, um das Blut aufzufangen, das ihr mit den Händen aus dem Bauch gedrückt wird. Die Hebamme streichelt sie, sie sei so tapfer gewesen und hätte nicht geschrien. Um fünf nach sieben bin ich auf der Welt, es ist stockduster.

Ich werde meiner Mutter auf den Bauch gelegt, und sie beschließt, mich doch nach meinem sportlichen Onkel zu nennen und nicht nach meinem klugen, weil ich eher wie ein Fußballer aussehe. Sie gibt mir »keinen so verrückten Namen« wie »Mario«, »Jens« oder »Sven«.

Im Zimmer liegt neben ihr die Tochter der Bildhauerin

Senta Baldamus, von der die Skulptur »Amor und Psyche« im Tierpark stammt. Ihre Mutter erscheint mit Mantille und breitem Hut und verbreitet eine Künstleraura. Die dritte im Zimmer ist eine 16-Jährige, deren Mutter so alt ist wie meine Mutter. Die Baldamus-Tochter weint, weil ihr Kind die Wecker-Probe nicht besteht, bei der am schlafenden Kind sein Gehör getestet wird.

»Nach Dr. Schneeweiß« soll gemeinsames Stillen anregen, deshalb sitzen zwanzig Mütter in einem Raum auf Gummiuntersetzerringen von Wäscheschleudern, einen solchen aufblasbaren Ring können wir für zuhause erst Jahre später ergattern.

9.11.1975
Die Geschenke liegen im Wohnzimmer auf dem Bord des massiven Hellerau-Regals. Ich bekomme eine Windmühle aus Papier mit einem Stöckchen zum Halten. Im Kindergarten sagt Tante Toni, ich hätte »Geburtstag«, das klingt eigenartig, denn ich spreche es immer »Gebotstag« aus. Ich soll sagen, was ich geschenkt bekommen habe: »Eine Wespe«, wiederhole ich mehrmals, ohne verstanden zu werden. Die geringelte, blau-rote Strickweste werde ich in den nächsten Jahren auf allen Passbildern tragen.

9.11.1977
Ich gehe in die Herbert-Baum-Oberschule in der Rigaer Straße. Weil ich im Unterricht immer meinen Kopf auf die Hand stütze, fragt die Lehrerin, ob ich Zahnschmerzen hätte. Im Geburtstagspaket meiner Hamburger Oma

ist die Seifenblasenflüssigkeit ausgelaufen, deshalb kann man die Bazooka-Joe-Kaugummis nicht mehr essen. Mein erster geschriebener Satz in einem alten Kalender meiner Eltern lautet: »Wir haben einen neuen Fernseher.«

9.11.1978
Wir sind in eine Neubauwohnung in Berlin-Buch gezogen, wo das warme Wasser »aus der Wand« kommt. »Hoch soll er leben, anner Decke kleben, drei ... mal ... hoch!« singt die Familie am Morgen. Es wird wie immer unsere Geburtstagskassette eingelegt, ein Mann singt mit tiefer Stimme: »Sechzig Jahre und kein bisschen weise.« Dann kommen Frank Zander und diese Pelzpuppen mit »Alles Gute zum Geburtstag ...«. Ich habe mir ein Fußball-Lehrbuch gewünscht, in dem steht, wie man Finten macht. In der Schule zählt man auf, was man bekommen hat und was davon aus dem Westen war.

9.11.1980
Ich bekomme meine erste Armbanduhr geschenkt und gehe damit zur Schule. Die Zeiger haben Phosphorstreifen, damit man im Dunkeln sehen kann, wie spät es ist, wenn man das Phosphor vorher mit der Taschenlampe aufgeladen hat. Auf den fünf Minuten Schulweg lauern sie überall hinter den Gardinen, weil sie wissen wollen, was ich geschenkt bekommen habe. Das Viertel ist so gebaut, dass man von jedem Fenster aus jeden Punkt überblicken kann. Ich versuche, mich selbst zu spielen, ohne dass man es mir anmerkt. Mehrmals sehe ich auf die Uhr, denn ich

muss jetzt auf meine Zeit achten, Zeitmangel ist ein Statussymbol. Ich werfe den Arm nach vorne, so dass der Ärmel der Jacke ein Stück hochrutscht, dann halte ich mir in einer fließenden Bewegung den Unterarm waagerecht vors Gesicht, lese die Zeit ab und schüttele anschließend das Handgelenk aus, damit die Uhr wieder in ihre Ausgangsposition rutscht. Eine lästige Fessel, aber ich habe schon damit zu leben gelernt.

9.11.1986
Ich gehe jetzt auf eine neue Schule am Frankfurter Tor und muss immer um sechs Uhr zwanzig aufstehen. Wir feiern ein wenig, bevor ich zur Bahn gehe. Ich feiere keinen Kindergeburtstag mehr, weil ich mit meinen neuen Mitschülern nichts zu tun haben will, aber einer liest im Klassenbuch, dass ich Geburtstag habe und deshalb verabreden sich alle, am Nachmittag zu mir zu fahren. Ich fühle mich gestört, aber meine Mutter serviert »den netten Jungs« Kuchen. In drei Jahren muss ich zur Armee, dann werden jeden Tag so viele Männer in meinem Zimmer sein.

9.11.1989
Ich bin seit einer Woche in Magdeburg kaserniert, zum Geburtstag wird mir von der Kompanie mit einem dreifachen »Hurra!« gratuliert, ich trete aus dem Glied und bedanke mich für die Ehrung mit einem vorschriftsmäßigen: »Ich diene der Deutschen Demokratischen Republik«. Danach üben wir Exerzieren für die Vereidigung. Am schwersten ist der Stechschritt, bei dem man am Podium vorbeimar-

schiert. Die Stimmung ist gelöst, ich muss immer lachen, obwohl die Grundregel lautet, weder positiv noch negativ aufzufallen. Neben mir läuft einer, der Schmidt heißt und, wie der Ausbilder sagt, »wie auf Eiern« geht. Wenn in Zukunft für irgendeine Arbeit zwei gebraucht werden, rufen sie einfach nach Schmidt und Schmidt.

Meine Mutter schickt mir zwei Pakete mit Süßigkeiten, die ich beim Schreiber, dem einzigen Abiturienten im Haus, der sich aber, um nicht als schwach zu gelten, in seinen Umgangsformen den herrschenden Bedingungen angepasst hat, kontrollieren lassen muss.

Am Abend kommen die EKs (Entlassungskandidaten), um sich ihren Anteil zu holen, sie erwarten Alkohol, finden aber im Spind unter der »Bärenvotze« nur eine Ritter Sport. Danach muss ich noch einmal »Vorlings in den Liegestütz fallt!« machen, weil ich, angesichts der Tatsache, dass zehn hier schon als viel gelten, behauptet hatte, fünfzig Liegestütze zu schaffen.

Ich bekomme ein DIN-A4-Telegramm von zu Hause, mit einem Blumenmotiv. Um zweiundzwanzig Uhr ist Nachtruhe. Ich habe Brandschutzdienst und werde deshalb um zwei Uhr nachts geweckt, um alle Gebäude der Kaserne zu kontrollieren, mit Helm und Gasmaske ausgerüstet, um mich schützen zu können, falls uns die NATO mit einem Luftangriff überrascht. Es gilt, in jedem Gebäude bis ins oberste Stockwerk zu gehen, für den Fall, dass dort jemand eine Kerze aufgestellt haben sollte, um uns reinzulegen. Um fünf Uhr morgens werden wir geweckt, weil wir den ganzen Tag Küchendienst haben, »Schlick kratzen«, wie man es hier nennt. Jemand sagt: »Die Mauer ist offen«. Ein paar Stunden Schlaf wären mir lieber.

9.11.1990
Ich wohne jetzt im Prenzlauer Berg. Eine Freundin habe ich auch endlich, aber sie ist noch schwieriger als ich. Weil ich kein Telefon habe, muss ich meine Eltern anrufen, damit sie mir gratulieren können. Ich öffne ein Paket meiner Mutter, das schon seit ein paar Tagen bei mir liegt. Seit der Maueröffnung war ich vielleicht ein Dutzend Mal in Westberlin. Für mein Begrüßungsgeld, um von einer Zelle im Wedding zu telefonieren und für eine Peter-Greenaway-Kinonacht in Neukölln, bei der ich die beiden letzten Filme verschlafen habe, weil es erst um Mitternacht losging. Ich studiere mathematische Informatik und komme zu nichts.

9.11.1994
Ich studiere inzwischen Romanistik, weil ich dann für mein Studium Bücher lesen darf und nebenbei eine Sprache lerne. Um das zu tun, bin ich seit zwei Monaten in Brest. Von meiner Mutter bekomme ich ein Paket mit weißer Schokolade, weil ich die vor ein paar Jahren mal mochte. Meine Freundin telefoniert den ganzen Abend mit meinem Nachfolger in Berlin und beschwert sich anschließend bei mir, dass er so gefühllos sei. Sie hört immer eine Kassette von »Blumfeld«, die er ihr geschenkt hat. Wir haben in unserer Einraumwohnung ohne Bad und mit unbeleuchtetem Außenklo keine Stühle. Ich tippe auf dem Boden sitzend auf einer Typenradschreibmaschine, eigentlich nur, weil das Geräusch so klingt, als wüsste ich, wie es weitergehen soll in meinem Leben. Seit drei Jahren habe ich mir die Haare nicht geschnitten.

9.11.1995
Mein Vater ruft mich an, um mir zu sagen, dass er mit fünfundzwanzig in seiner Wörterbuch-Arbeitsgruppe den Buchstaben »A« bearbeitet habe. Ich studiere immer noch und schäme mich deswegen. Inzwischen habe ich mit Spanisch begonnen, weil ich in Brest eine Spanierin kennengelernt hatte und ihr nachgereist war. Ich würde gern sofort wieder ins Ausland, um die anderen romanischen Sprachen zu lernen, Deutschland reizt mich nicht, im Ausland war ich glücklicher.

9.11.1997
Bei den Bildern der Maueröffnung im Fernsehen kommt mir der Gedanke, dass man mal etwas über die DDR schreiben müsste.

9.11.1998
Das Französisch-Studium schleppt sich seit Jahren ins Ziel. Ich habe vierzig Ablehnungen für ein Romanmanuskript gesammelt. Um Kohlen zu sparen, habe ich mir vorgenommen, erst nach meinem Geburtstag mit dem Heizen anzufangen. Ich habe niemanden eingeladen, es kommen trotzdem zwei Freunde, die es kaum aushalten in meiner kalten Wohnung. Für jede normale Karriere bin ich zu alt. Ich bin in eine Kellnerin verliebt, die ich erst zwei Mal gesehen habe.

9.11.1999
In der Literaturwerkstatt Pankow habe ich den Open-Mike gewonnen und hoffe, dass es am Uni-Institut, wo ich eine Hilfskraftstelle habe, niemand merkt, weil es mir peinlich ist zu schreiben. Im Sommer war ich zu einem Sprachkurs in Moskau und anschließend in Bulgarien. Ich würde jetzt gerne auch die anderen slawischen Sprachen lernen. Meine Wohnung ist modernisiert worden, ich zahle jetzt das Zehnfache der ursprünglichen Miete, habe aber eine Gasheizung und eine Badewanne.

9.11.2000
Mein erstes Buch »Triumphgemüse« ist erschienen und hat sich kaum verkauft. Im Sommer war ich wieder in Moskau und Bulgarien, wo ich gerne leben würde, was ich mich aber nicht traue. Meine Freundin aus Sofia prophezeit mir: »Ein Frau wird kommen und macht dein Leben schwarz und du begegnest Selbstmord.«

9.11.2002
Am Geburtstag bin ich zu einer Lesung in Graz. Abends Autorentreffen in einer Gaststätte, die berühmt sein soll für ihre unfreundlichen Kellner. Ein Kritiker behauptet, er lese ein Vierhundert-Seiten-Buch an einem Tag und schreibe abends noch die Rezension. Die Kollegen wundern sich, dass ich »drüben« sage, weil sie auch drüben sagen, aber das Gegenteil meinen. Später behaupte ich, den Rückweg zum Hotel zu kennen und gehe voran. Georg Klein sagt deshalb, ich »hätte doch was Phallisches«.

9.11.2003
Ich bin jetzt Vater, aber wir leben nicht zusammen. Nach dreizehn Jahren bin ich in eine Vorderhauswohnung gezogen und fühle mich noch ganz benommen von der Möglichkeit, ein zweites Zimmer zu betreten. Vor zwei Monaten hat meine erste Westfreundin per SMS mit mir Schluss gemacht, am Abend vor dem Berlin-Marathon. Ich fahre mit dem Fahrrad zum Märkischen Museum, eine Mauerfalllesung. Eine Reporterin aus Köln fragt uns nach unserer Meinung zur Musealisierung der Mauerstücke. Ich sage, dass ich immer gern in Museen gehe. Jana Simon liest über »Beat Street«, Schaumstoffkosmonauten und Frucht-eis in den Achtzigern. Ihr Freund führte nach der Wende ein Gewalttagebuch. Meine Altersgenossen lesen mir aus Büchern vor, die mein Leben zum Inhalt haben.

9.11.2004
Ich lese jetzt immer die Berichte über den Open-Mike und ärgere mich, wenn ich nicht unter den Siegern der vergangenen Jahre erwähnt werde. Ein Lyriker hat gewonnen, wenn man so schreibt, nennen sie es »experimentierfreudig«. Meine Schwester kommt mit ihrem neugeborenen Sohn. Eigentlich möchte ich zum Konzert von »Leningrad« in den Palast der Republik gehen, den sie jetzt »Volkspalast« nennen, es ist aber schon ausverkauft. Ich hatte dort angefragt, ob wir mit der »Chaussee der Enthusiasten« auftreten können, für die gute Sache, es kam aber keine Reaktion. Im Nieselregen ins Café, sie spielen Jimi Tenor und ich schreibe drei Stunden. Geburtstagsanruf von Falko Hennig aus dem Kaffee Burger. Wir beschließen, uns einen

Praktikanten zu leisten, der alles mitschreibt, damit unsere interessanten Gespräche nicht verloren gehen.

9.11.2005

Im Sommer mein erster Sprachkurs in Rumänien. Heftiges Liebesleid wegen einer Slowenin. Im Paket von meiner Mutter sind wieder weiße Schokolade, Bücher über die Flucht aus Ostpreußen und ein Fotoalbum, das meinen Verfall dokumentiert. Sobald die Fotos bunt werden, ist nichts mehr von der Poesie meiner Existenz zu erkennen. Die Slowenin schreibt: »Vse nejboljse za tvoj 35.rojstni dan. Veliko oklicnih uspehov.« Meine Mutter ruft gegen elf an und sagt, ich sei um fünf nach sieben geboren, also müsse ich doch schon wach sein. Ich gönne mir bei Medimax zum Geburtstag ein neues Scherblatt für den von meinem Vater geerbten Braun Micro Vario 3. »Davon haben die so viel verkauft, dass wir uns das nicht leisten können, die nicht zu führen«, sagt der Fachverkäufer. Eine Freundin wünscht mir, »dass ich zu meiner Liebe stehe« und »Freude an meiner Verantwortung finde«.

Im Tintenladen Prenzlauer/Ecke Wichert guckt sich der Mitarbeiter interessiert meine neue Canon-Kartusche an und erkennt sofort, dass sie jetzt eine Lichtschranke eingebaut haben mit einem Prisma, das je nach Tintenstand Licht reflektiert. Gerne würde er das Ding mal näher untersuchen. Er füllt es auf und gibt es mir umsonst mit, wenn ich ihn dafür anrufe, ob es funktioniert hat. Was für ein schönes, ganz untypisches Erlebnis in dieser kalten Welt.

Ich chatte mit der Slowenin. Sie ist sauer, weil die Mailbox meines Telefons voll war, sie ging davon aus, dass ich nicht von ihr angerufen werden wollte. Das schöne Gefühl, spät noch einmal die Balkontür zu öffnen, so kalt ist es gar nicht. Ein Blatt schleift über den Balkon, das Rauschen der Autos klingt fast so beruhigend wie damals nachts die ferne Autobahn in Buch.

9.11.2006
Meine Tochter heult, weil sie den Bauklotzturm eingerissen hat und ich ihr helfen soll, ihn wieder aufzubauen. Auf der Post fragen sie, ob ich »Grünen Strom« wolle. »Nein.« »Sie wollen nichts für die Umwelt tun?« Beim Latinums-Kurs kann ich aus dem Abl.abs. »sole occidente« den Abl. abs. mit PPP »sole occiso« bilden und genieße es, dem Lehrer eine Freude gemacht zu haben. Wie unangenehm es ist, die Handschuhe mit den Zähnen abzuziehen und dabei abzurutschen. Mein tägliches Proust-Pensum gelesen. Die BZ schreibt über eine Frau Helga B. aus Reinickendorf, die überzeugt davon ist, dass die Seele ihres Mannes in die Katze gewandert ist, die bei seinem Tod immer am Kopfkissen lag. Denn sofort wollte die Katze kein Dosenfutter mehr essen, sondern nur noch sein Leibgericht Putenschnitzel in Sahnesauce. Außerdem schnarche sie jetzt im Bett. Ich frage mich, ob man die Glückwünsche seiner Mutter auf dem Anrufbeantworter auf dem Klo sitzend abhören darf.

Bei der »Chaussee der Enthusiasten« ist die Heizung kaputt. Ich muss an der Kasse auf den »Poy« einer Zuschauerin aufpassen, der sei sehr wertvoll. Nach dem letzten Text von mir fordert Dan das Publikum zum Mitsingen auf. Gin von der Bar. Eine Kollegin schenkt mir englisches

Gelee und Apfel. Ich hetze nach Hause, weil mich meine Pankowerin noch besuchen will. Fast vom Rad gefallen vor Müdigkeit. Plötzliche, brennende Sehnsucht nach einem Leben auf dem Land. Sie werkelt zehn Minuten in der Küche an einem mit Schokolade und Kerzen garnierten Papageienkuchen. Sie schenkt mir eine aus Stoffresten eines im Türkei-Urlaub gekauften Bikinis selbstgenähte Schlafbrille. In einem Monat wird sie Schluss machen, irgendwie weiß ich das schon.

9.11. 2007
Meine Mutter ruft an, um fünf nach sieben sei damals die Nachgeburt gekommen. Hallenfußball in Marzahn mit Wolfgang Herrndorf. Die Hermann-Matern-Straße heißt jetzt Poelchau-Straße. Herrlich, die nächtlich beleuchteten majestätischen Plattenbauten im Nebel. Die anderen, die alle von drüben sind, finden es hier schrecklich. Die S-Bahn ist voller betrunkener Jugendlicher, die am Abend zu den Diskotheken im Zentrum fahren. Um zwölf Uhr zu Hause, im Briefkasten liegt ein Laubblatt mit einem Geburtstagsgruß von der Pankowerin. Ich leide jetzt schon ein Jahr wegen ihr.

9.11.2008
Ich feiere bei mir und kann wegen der Vorbereitungen vor Erschöpfung kaum noch stehen, als die ersten Gäste kommen. Von meiner Mutter eine »Das Haus am Eaton Place«-DVD-Box (»In dieser Kleidung können sie keinen Tee im morning-room servieren!«). Nah an der Ohnmacht,

zwei Dolormin. Meine spanische Ex, die jetzt in Berlin lebt, hat sich im Tag geirrt. Meine Freundin, die Architektin ist, fühlt sich zu geschwächt. Sie mag »Curb your enthusiasm« nicht und nennt mich einen Egozentriker. Meine erste Freundin, die ich auch eingeladen habe, ist erkältet. Mawil ist im Krankenhaus, er hat eine »Hühnerbrust-OP«. Falko Hennig hat ein Stipendium in Sofia. Meine Pankowerin simst mir Glückwünsche, sie hat die Gäste auf meinem Balkon gesehen, denn sie wohnt jetzt um die Ecke. Als bei Sonnenaufgang alle weg sind, pule ich die Zigarettenkippen aus den Blumentöpfen und wische das Zimmer. Erst jetzt lese ich Volker Strübings Zettel, auf dem steht, sein Lieblingsbuch dieses Jahr sei »Schmidt liest Proust« gewesen.

9.11.2009
Nachmittags hole ich meine Tochter von der Schule ab, wo es riecht wie in meiner Schule damals. Ob sie mir zum ersten Mal etwas schenkt? Ich habe vergessen, meinen Eltern meine Wünsche zu diktieren. Ein Jahr habe ich noch, um etwas Großes im Leben zu beginnen. Wir gucken »Luzie, der Schrecken der Straße« und müssen nicht eine Woche warten auf jede neue Folge, wie damals, als ich es zum ersten Mal gesehen habe. Abends zum Fußballtraining bei Berolina Mitte und zwei Bier in Ralles Vereinsheim. Morgen habe ich einen Vokabeltest im Altgriechisch-Kurs. Am meisten Freude macht mir zurzeit das bunte Balkon-Windrad aus der DDR, das ich in »Onkel Philips Spielzeugladen« gekauft habe. Bis vierzig darf man in der Pubertät sein, sagen die Indianer, und für die meisten von denen dürfte das ihr ganzes Leben gewesen sein.

9.11.2010
Meine Tochter kippt sich Cornflakes über Hose und Bluse, ich darf aber nicht sauer sein. Das Geburtstagspaket von meiner Mutter deprimiert mich, weil neben Zeitungsartikeln nur Sachen drin sind, die ich bei ihnen vergessen habe – eine Tupperdose ohne Deckel –, und für meine Tochter Chips und eine Riesentüte Gummibären. Meine bulgarische Ex-Freundin ruft aus Brüssel an, wo sie jetzt arbeitet: »Und man muss immer Regenschirm bringen.« Ihre Mutter war eine Woche dort: »Sie wollte viel zu kommen.« Sie versteht jetzt, warum ich immer nach Bulgarien wollte: »Hier man depressiert sich sehr schnell. Ich habe ein bisschen angenommen [zugenommen]. Der Schwimmbad ist zu kalt, erst 26°.«

Morgens wiege ich 76,1 Kilogramm. Ich höre beim Joggen das Proust-Hörbuch. In der Schönholzer Heide sehe ich Heinz-Florian Oertel. Wird mich mit achtzig auch noch irgendwer erkennen? Er scheint sich zu freuen, dass ich Sport treibe.

Mit meiner Tochter gucke ich »Spuk von draußen«. Meine Freundin, die Anwältin ist, hat mir Kartei-Kästchen gebastelt. Im Fernsehen sieht man den Boxer Arthur Abraham, dessen Trainer aus Penkuhn kaum einen Satz grammatisch richtig zu Ende bringt, aber trotzdem sehr kompetent wirkt. Wenn Arthur schlage, würde das »richtig zwiebeln«.

9.11.2011
Schöner Nebel, mein Lieblingswetter. Am Geburtstag kann man herrlich arbeiten, denn weil man ja eigentlich nichts

tun müsste, zählt es doppelt. Meine Tochter begrüßt auf dem Schulhof ein Mädchen aus ihrer Klasse. Sie hat eine Brille bekommen, weil sie ihre Nase doppelt gesehen habe. Um neun Uhr ruft meine Mutter an. Mein Geburtstag sei ein »strahlender Novembertag« gewesen. Ob ich jetzt mit vierzig »Katzenjammer« habe? Sie hatte mit dreißig großen »Katzenjammer«.

Beim Laufen ein Mädchen aus meiner alten JG (Junge Gemeinde) gesehen. Weil wir den gleichen Heimweg hatten, konnte ich mich einmal im Jahr mit ihr unterhalten, nach dem Weihnachtsgottesdienst. Darauf habe ich mich dann immer das ganz Jahr gefreut. Leider waren meistens meine Geschwister dabei. Mein eindeutigster Annäherungsversuch ging schief, sie fand meine Pink-Floyd-Kassette, die ich ihr borgte, »ein bisschen langweilig«.

Nachmittags wieder zur Schule, meine Tochter abholen. Beim Thailänder sitzt die Schuldirektorin mit der Sekretärin. Wir greifen beherzt in die Gratis-Kaubonbons. Im Sportunterricht haben sie jetzt »Scherensprung«. Letztes Jahr konnte sie es nicht, da habe ein Junge gelacht und gesagt: »Jetzt wird's lustig«, bevor sie sprang.

Am Abend muss ich mit der Bolschewistischen Kurkapelle in der Volksbühne auftreten und eine Strophe Brecht singen, das macht mich seit Wochen fertig, der Musikunterricht war für mich der erste Grund im Leben, sterben zu wollen.

Wir sitzen schon in der ersten Reihe, als die Türen des großen Saals geöffnet werden und das Publikum den Saal stürmt, ausverkauft, der Rang muss geöffnet werden. Rummelsnuff singt »Wir Pumper in den Hallen am Rande von Berlin«. Mit dem müsste man mal einen Kinderfilm drehen. »Ich weiß gar nicht, was daran lustig ist«, sagt er mit grimmiger Miene und alle lachen noch lauter. Mein Text »Der Tag, an dem ich älter werde« kommt gut an, dafür, dass ich ihn erst heute geschrieben habe. Heiner überreicht mir auf der Bühne einen Blumenstrauß. Fünfundzwanzig Jahre kennen wir uns nun schon. Ich frage die Mutter der Saxophonistin, warum in der dreißigköpfigen Kapelle nur zwei Frauen dabei sind. Die seien eben immer weggeheiratet oder geschwängert worden.

Die »Seeräuberballade«, ich entschließe mich dann doch gegen ein Andreas-Dorau-Timbre und für beherztes Grölen. Zum Glück treffe ich die Töne, ich bin unendlich erleichtert. Wieder eine schwere Prüfung im Leben bestanden, einen Berg erklommen, um den ich auch hätte herumgehen können.

Immer wieder muss ich SMS löschen, weil neue Glückwünsche eintreffen, und mein Handy noch mit den SMS der Westdeutschen und der Slowenin voll ist. Ich kann nur eine SMS bekommen, wenn ich vorher eine andere lösche. Als die Party beginnt, muss ich nach Hause, meine Mutter ablösen, die auf meine Tochter aufpasst.

9.11.2012
Ich wiege 77,2 Kilogramm. Die Stehlampenbirne platzt, ich habe noch fünfundzwanzig in Reserve, man kann sie ja nicht mehr kaufen. Die Apothekerin aus dem Parterre grüßt mich im Hausflur, auf der Straße treffe ich meine Zahnärztin. Um fünf nach zwölf ruft der Installateur an, er könne erst gegen halb eins kommen, er kommt aber um eins. Die »Hohlraumbelüftung« bemängelt er, aber das

müsse ein Tischler machen und er sei Gasinstallateur. Dass er klingelt *und* klopft, ärgert mich.

Meine Familie kommt zu Besuch. Mein Bruder erinnert sich, dass wir in Buch an gegenüberliegenden Türklinken Schnüre gespannt und geklingelt hätten. Bei der Nachtwanderung im Ferienlager habe er seinen Schuh im Schlamm verloren. Einmal hätten sie im Keller mit einem Luftgewehr Fahrradlampen zerschossen. Im Friedrichshain hatten zwei »Straßenkinder« aus der Nachbarschaft einen Hund, den sie mit Liebesperlen fütterten, die er aus den Dielenritzen leckte. Unser Physiklehrer in Buch hatte eine Kugelspritze, was ich vergessen hatte.

Meine Schwester schenkt mir eine Broschüre »Städtischer Nahverkehr« der BVB von 1990. Von meiner Mutter die zweite Staffel »Das Haus am Eaton Place« und »Das Krankenhaus am Rande der Stadt«. Mein Bruder schenkt mir auf meinen Wunsch von Ebay das Rennauto, das wir als Kinder hatten. Wenn man es rollen lässt, sorgen Feuersteine unter dem Motorblock für rote Blitze. Ich hebe mir die genaue Betrachtung aber noch auf, weil ich mir Erinnerungen an unsere Altbauwohnung verspreche.

Meine Cousine habe ihrem kleinen Bruder als Kind ins Gesicht gepinkelt. Mein Onkel hieß im Institut der »Friedens-Schmidt«, weil er so christlich und ausgleichend war. Im Gottesdienst stellte er sich beim Abendmahl demonstrativ in die Alkoholikerschlange. Die Oma meiner Freundin sagte immer »die Kannibal« und meinte die Taliban.

Wir gucken eine Folge »In Treatment«. Der Therapeut trifft sich mit seiner Therapeutin, allerdings nachdem er die Therapie bei ihr abgebrochen hat. Sie: »It's fun, not having therapy, isn't it?«

Dann kommt die NDR-Talkshow vom Tag nach dem Mauerfall. Gerhard Löwenthal: »Sozialismus mit menschlichem Antlitz kann es nicht geben.« Ein Ostzuschauer mit Ballonmütze geht ihn deshalb an, er sei ja wohl von gestern. Auf keiner Demo hätte man ein Schild mit der Forderung nach Wiedervereinigung gesehen.

9.11.2013
In Erfurt im Hotel. Der Fußboden ist kalt, das Bett sehr weich. Nachts habe ich die Nachbarin telefonieren gehört. Beim Frühstück erste Glückwünsche auf dem Handy. Bei Facebook sieht man gleich, ob derjenige einem in den letzten Jahren auch gratuliert oder ob er ein Jahr ausgesetzt hat, jedenfalls bei denen, mit denen man über Facebook ausschließlich am Geburtstag kommuniziert.

Ich fahre mit der Linie 3 Richtung Norden ins Neubaugebiet und bin gleich ganz euphorisch und hochnervös vor Entdeckerfreude. Vom Europaplatz laufe ich zurück, Moskauer Straße, Bukarester Straße, Hanoier Straße. Ungewöhnliche Reliefelemente an pastellgetönten Plattenbauten begeistern mich, aber auch die Straßennamen: Sofioter Straße. Die Punkthochhäuser werden jetzt angemalt. Ein möbiusartiges Beton-Formsteinband als Windschutz für einen alten, unbenutzten Buddelkasten, dem Rondell sieht man den gestalterischen Gedanken noch an. Soll ich ein Reise- oder Architekturblog beginnen, um meine Begeisterung zu teilen? Beim Reisen wird man immer von einer Lawine von Eindrücken überrollt und muss sich mühsam durch Notizen Luft verschaffen. (Erst Tage später wird mir klar, dass ich am Moskauer Platz am Kultur- und Freizeitzentrum mit der berühmten runden Ecke und dem inzwischen entfernten Keramik-Mosaik von Josep Renau »Die Beziehung des Menschen zu Natur und Technik« vorbeigegangen bin, ohne es zu erkennen!)

In der Straßenbahn spricht mich eine Oma an, ich könne auf ihr Ticket mitfahren. Es sei ja auch teuer. Sie ist mal aus Versehen eine Station zu weit gefahren, sie hatte sich verquatscht und musste sechzig Mark Strafe zahlen. Sie fuhr zum Friedhof zu ihrem Mann, wo sie den einen Kontrolleur traf, der zu seinem Sohn wollte, da tat es ihm wohl leid. Aber die dürften nicht kulant sein, die seien ja immer zu zweit, »wie früher«, damit der eine den anderen kontrolliert. Ich frage sie nach ihrer Neubauwohnung in diesem Viertel, das war damals sensationell, sie hatten drei Kinder und kein Bad. Leider war das Bad im Neubau so klein und ohne Fenster. Wie sie das geschafft hätten, da immer alle durchzuschleusen, da staune sie selber ... Die beiden Mädchen beschwerten sich immer, dass sie zusammen ins Bad mussten, und der Junge alleine durfte. Nachdem das Haus wärmegedämmt wurde, ist die Miete um zwanzig Prozent raufgegangen, und jetzt werde die Zentralheizung manchmal nachts noch nicht angeschaltet, dabei haben sie nur 18 Grad.

Auf der Krämerbrücke gehe ich ins Antiquariat und kaufe einen alten Bulgarien-Reiseführer. Die Bücher aus der »Kleiner Trompeter«-Reihe werden nachgedruckt. Davon durfte sie sich nach bestimmten Hausarbeiten einmal im Monat eines kaufen, sagt die Buchhändlerin. Ich muss endlich anfangen, solches DDR-Plankton zu sammeln.

Zum Zug eilen. Kaufe mir die FAZ, um sie dann schnell durchzublättern, in der Hoffnung, dass nichts Interessantes drin steht. Aber mich interessiert sogar die Beilage über klassische Musik, über der Orgel im Gewandhaus steht: »RES SEVERA VERUM GAUDIUM«.

Ein über siebzigjähriger Tscheche aus dem Sudetenland schreibt, sie mussten sich, wenn sie in der Schule was angestellt hatten, zur Strafe neben dem Ofen eine Stunde auf scharfkantige Holzscheite knien.

Kafkas Briefe an Felice Bauer sind 1987 von einem anonymen Bieter ersteigert worden und seitdem verschwunden.

Kaiser Wilhelm zum »Rosenkavalier«: »Nee, det is keene Musik für mich.«

In Leipzig in der riesigen Bahnhofsbuchhandlung »Ludwig« keine Spur von meinen Büchern. Ich denke immer, diese Ungerechtigkeit müsste doch mal jemandem auffallen.

Diese Seifenspender in der Regionalbahn, bei denen man die Seife durch Drehen abreibt, dass es die noch gibt.

Zu Hause Post vom Finanzamt, siebenhundertzwanzig Euro Einkommensteuernachzahlung für 2012. Ich fahre zu meinen Eltern, wo ich Geburtstag feiere, weil ich Angst hatte, die Gäste zu mir einzuladen, da es einfach zu eng ist in meiner Wohnung. Meine Cousine schenkt mir »Nabelschnur der Seele« von zwei ungarischen Psychoanalytikern, die die Frauen mit ihren Kindern im Bauch Kontakt aufnehmen lassen. Wenn sich das Kind im Bauch vom Herzton der Mutter wegdrehe, sei das der erste Ablösungsmoment im Leben.

Meine Tochter hat mir auf meinen Wunsch ein Bild gemalt, mit einer Giraffe, die eine Tscheburaschka auf dem Kopf trägt.

Kirschkuchen, Apfelkuchen (»Lebuser Äpfel!«)

Mein Schwager fotografiere manchmal den Esstisch vorher und nachher, um meiner Schwester zu beweisen, dass sie auch nicht immer abräume.

Meine Cousine tauschte als Kind mit ihrem Bruder Marzipan, weil sie es nicht mochte. Das wurde von ihren Eltern kritisiert, sie könne es doch nicht tauschen, wenn sie es gar nicht möge, dann müsse sie es doch eigentlich verschenken. Onkel Jochen brachte mal heimlich vom Einkaufen in einem Korb unter einem weißen Tuch eine Tafel Blockschokolade mit, das wurde von seiner Frau kritisiert, weil es keine Geheimnisse geben dürfe. Er und mein Vater haben als Kinder Onkel Peters Bonbons rund gelutscht und eckig gebissen, weil der so ein Aufheber war. Onkel Eberhard war mal zu Silvester bei Onkel Jochen eingeladen. Am Neujahrsmorgen um sechs putzten alle. Da stand er auf, nahm sich einen Lappen und putzte wortlos den Kachelofen, um nicht negativ aufzufallen. Bei der Jugendweihe meines Cousins saß mein Bruder zwei Stunden alleine am Esstisch und wartete still, dass es losging, das tut meiner Mutter immer noch leid.

Meine Mutter gibt mir einen Beutel mit meinen eigenen Babysachen aus dem Krankenhaus, die so schön sind, wie man sie nicht mehr bekommt, vor allem ohne Aufdrucke und geschlechtsneutral. Die sind für unseren Jungen, der in zwei Wochen kommen soll, und für den wir noch keinen Namen haben. Meine Freundin möchte ihn Juri nennen.

Meine Hebamme Frau Dr. Duda ist gestorben. Die hätte sie gestreichelt, sagt meine Mutter.

Bis abends kein besonderes Geburtstagsgefühl, für das dafür nötige Selbstmitleid geht es mir zu gut, aber dadurch fehlt auch irgendetwas.

9. November 1989
von David Wagner

Der 9. November 1989 war ein Donnerstag, und in der Diskothek, in die wir damals jeden Donnerstag fuhren, mein Bruder und ich, zwei Freunde, manchmal auch Freundinnen, war jeder Donnerstag Independent-Tag. Wir fuhren donnerstags, weil freitags Hippie-Musik lief und es samstags zu voll war, außerdem ließ sich durch das Ausgehen am Donnerstag zeigen, dass wir die Schule, ich war achtzehn Jahre alt und besuchte die dreizehnte Klasse, nicht mehr besonders wichtig nahmen. Ich weiß noch, daß wir am folgenden Tag, dem 10. November, eine Lateinarbeit schrieben, die dann, wie der ganze Schultag überhaupt, von extensiven Gesprächen überlagert wurde, in denen wir verhandelten, was da in dieser fernen, sogenannten DDR geschah. Die Erinnerung an diesen 9. und 10. November ist eine an ein großes, außergewöhnliches Fernsehereignis, das mir zum ersten Mal das Gefühl vermittelte, im Hier und Jetzt passiere etwas, gleichzeitig aber auch eine an Slime, The Smiths, The Fall, Joy Division und die *Carmina Catull,* um die es in dieser halbverschlafenen Lateinklausur ging, eine der letzten, die ich schreiben musste. In der Vorbereitung war die Frage aufgekommen, ob wir die berühmte Masturbationsstelle, wie unser Lateinlehrer angeregt hatte, mit »jemandem einen schälen« oder doch einfach mit »einen runterholen« übersetzen sollten. Ich weiß nicht mehr, für welche Variante ich mich entschied.

aus: David Wagner und Jochen Schmidt, *Drüben und drüben. Zwei deutsche Kindheiten*
Copyright © 2014 Rowohlt Verlag GmbH, Reinbek bei Hamburg

Nach Westen im Traum

von Annett Gröschner

19. November 1981

Ich durfte für einen Tag mit jemandem nach Westberlin fahren. Wir hatten jeder zwanzig Mark für den Tag. Mit der S-Bahn fuhren wir über die Grenze, wir merkten es gar nicht, es ging ganz schnell. Die Stühle im Inneren des Wagens waren rot gepolstert und hatten braune Griffe. Erst dachte ich, die Bahn wäre moderner, aber dann fiel mir ein, dass die S-Bahn ja von der DDR verwaltet wird. Wir stiegen aus und ich kaufte mir im erstbesten Laden von den zwanzig Mark einen Biene-Maja-Aufkleber. Dann besuchten wir eine Familie, ich weiß nicht, woher wir sie kannten. Von ihrem Fenster aus konnten sie die Mauer sehen, die eigentlich ein Zaun war. Polizeiautos fuhren daran vorbei. Überall lagen Steine. Es dämmerte und vor uns breitete sich eine große leere Fläche aus. Es war eine Eisbahn, viele Leute liefen Schlittschuh. Weiter hinten war Leuchtreklame, varietéähnlich. Wir hatten nicht mehr viel Zeit, um vierundzwanzig Uhr mussten wir zurück sein, ich wollte noch zum Ku'Damm, das richtige Westberlin sehen, bis jetzt war alles wie zu Hause. Die Busverbindungen dorthin waren so kompliziert (seltsamerweise fuhren die gleichen Ikarus-Busse wie bei uns), dass ich unterwegs aufgewacht bin.

28. September 1983

Es gab eine Falltür von meiner Wohnung aus in die Werkstatt unter mir. Darin lebte ein Mann mit langen Haaren und Nickelbrille, der meißelte und mich beim Reden belauschte. Er klaute mir alle Geheimnisse und gab sie weiter. Auf dem Hinterhof hielt ein Wartburg. Ich versteckte mich, aber der Fahrer hatte mich schon entdeckt. Er kletterte an der Fassade hoch und stellte leere Eisbecher aufs Fensterbrett. Dabei sagte er zu mir, dass das Staatssicherheitsbüro Köpenick mir nahelege, nach Westberlin abzuhauen, um dabei von einer Selbstschussanlage erschossen zu werden. Ich sei im Weg. Das Auto fuhr vom Hof. W. meinte, ich solle mich der Mauer nicht nähern. Eine Mappe mit Gedichten war verschwunden. Meine Mutter riet, es auf sich zu belassen und ganz ruhig zu bleiben.

13. Oktober 1983

Ich war Mitglied einer Band und durfte mit ihr eine Tour nach Frankfurt am Main machen. Ich freute mich, über den Prenzlauer Berg zu fliegen. Ich wollte auch mal sehen, wie die Häuserschluchten von oben aussahen. Es war ein kleines Sportflugzeug. Ich schaute aus dem Fenster, gespannt auf das, was folgen würde. Aber schon beim Start kippte das Flugzeug zur Seite. Der Pilot fluchte und schimpfte, ich solle stillsitzen und mich anschnallen. Wir starteten dann nochmal, nun aber auf dem Prenzlauer Berg neben einem Holzhaus. Eine Schauspielschülerin mit einem geflochtenen Kranz auf dem Kopf guckte blöd im Vorbeigehen.

4. Juni 1984
Ich kam vom Zahnarzt. An der Invalidenstraße stieg ich in die S-Bahn, mit einer Fahrkarte für eine Mark. Aber ich fuhr in die falsche Richtung, nach Westberlin. Unterwegs fiel mir ein, dass ich gar kein Westgeld hatte. Die Strecke ging an Feldern vorbei, ehe ich an einer Haltestelle mit der Aufschrift Gesundbrunnen ankam. Den Namen hatte ich schon einmal gehört. Ich stieg aus und gelangte in einen großen Saal, ganz weiß, fast wie ein Speisesaal. Zwei Jungen aus Ostberlin standen hinter mir. Wir unterhielten uns. Da kam S. die Treppe hoch. Sie trug das gestickte Tuch, das sie schon in unserer Schulzeit hatte, und war dicker als früher. Ich konnte es nicht glauben, sie wiederzusehen, sie auch nicht. Wir fielen uns in die Arme.

S. war nicht sehr gesprächig. Ich fragte sie, ob sie noch zur Schule gehe, sie verneinte, begründete das aber nicht. Der Vater ihres Freundes, der sie in den Westen geholt hatte, finanzierte sie. Die beiden Ostberliner langweilte unser Gespräch, sie verabschiedeten sich. Der eine wollte noch telefonieren. Er hatte einen Visumzettel in der Hand. Da war mir plötzlich klar, dass ich ja gar nicht mehr ohne Weiteres nach Hause käme. Wie sollte ich beweisen, dass ich ohne Pass in den Westen gelangt war? S. schleppte mich in ein Konzert einer Gruppe, die verboten war, wegen ihrer linken Aktivitäten. S. lächelte: Es ist nirgends anders. Ich machte mir die ganze Zeit über Gedanken, wie ich wieder zurück in den Osten kommen könnte und fand keine Antwort. S. schenkte mir schließlich eine Papiertüte, wo sie draufschrieb: Brief folgt. Ich hatte ihre Adresse nicht und sie nicht meine. Sie stand auf einer Wiese und ich hockte an einer rot-weißen Stange. Ein Schlagbaum.

20. August 1984
Ich durfte mit der Rettungsschwimmergruppe als Zuschauerin nach Los Angeles zu den Olympischen Spielen fahren. Wir gingen in einen Supermarkt. Die Gänge zwischen den Waren waren ungeheuer eng, damit man etwas herunterriss und dann bezahlen musste. Ich entdeckte in den Regalen meine Kaffeemaschine und das Zwiebelmusterporzellan meiner Mutter. Mit meinem Ellenbogen stieß ich gegen einen Stapel kleiner Teller. Sie zerbrachen sofort. Anderen Kunden ging es ebenfalls so.

13. Oktober 1985
Ich war mit einem ausgefüllten Antrag auf »zeitweilige Ausreise aus der DDR« nach Westberlin gekommen. Ich hatte den Antrag noch in der Hand. Er war zerknüllt und nur halb ausgefüllt. Ich hatte ihn nie bei der Polizei abgegeben. Ich war in Begleitung, ein Schatten, der noch nicht einmal diesen Zettel hatte. Wir kamen ohne Kontrolle durch die Sperre. Wir fragten uns, ob das auch noch so wäre, wenn wir zurückkämen, aber es war auch egal, irgendwas würde uns schon einfallen.

15. November 1986
Ich ging durch meine Straße. Es war ein Altneubaugebiet mit gewienerten Treppen und einer sehr strengen Hausgemeinschaftsleitung. Plötzlich rollte ein Trabant an mir vorbei und zerbarst. Die hellblauen Karossenteile fielen von ihm ab. Ein alter Wartburg wurde dabei total zerstört, rollte aber durch den Aufprall an mir vorbei. Hinter

ihm folgte der Trabant, beide geräuschlos. Als ich mich umschaute, bemerkte ich, dass alle Autos in der Straße zusammengeschoben, ausgebrannt und zerrissen waren, sich nun aber auch in Bewegung setzten, ohne dass sie irgendeinen Laut von sich gaben. Ich bekam Angst und floh in mein Haus, wo der Hauswart mit dem Pantoffel hinter der Tür stand und mich anherrschte, dass das nächtliche Waschen in diesem Haus verboten sei.

Jemand nahm mich an die Hand und sagte, ich dürfe einen Tag nach Westberlin. Ich sammelte Kleingeld zusammen und ging rüber. Ich musste mehrere Sperren überwinden. Das gelang nur, indem ich, wie es Vorschrift war, an jeder Sperre zwei Mark in eine Zahlbox steckte. An der letzten Sperre stellte sich eine kleine dicke Zollbeamtin in Zivil vor mich. Sie zeigte auf ihren Fettbauch. Die Hose spannte, der Reißverschluss des Hosenstalls war halb kaputt. Aus dem Spalt quoll ein Bündel Westgeld. Ich konnte meinen Blick nicht abwenden. Sie sagte in schmeichelndem Ton, das Geld gehöre mir, aber sie könne es mir nicht geben, weil es nicht statthaft sei, Geld zu schmuggeln. Aber angucken dürfe ich es schon. Sie erwartete wohl, dass ich meine Zähne bleckte, sabberte oder mich nach dem Geld wenigstens verzehrte. Aber stattdessen nahm ich die in durchsichtige Folie eingeschweißte Zahnbürste, die sie mir reichte, und passierte die Grenze. Inzwischen war es früher Morgen. Ich dachte, dass ich ja bei einem meiner Westberliner Bekannten vorbeigehen könnte, aber ich hatte ihre Adressen nicht dabei. Ich ärgerte mich und suchte ewig nach einer Telefonzelle mit einem Telefonbuch darin, um nachzusehen, wo sie wohnten.

10. Oktober 1989
Ich fuhr mit der S-Bahn, die plötzlich vom Weg abkam und eine Kurve nahm, immer an der Mauer entlang, bis sie an das andere Ende der Karl-Marx-Allee gelangte, von dem ich wusste, dass es schon auf dem Territorium von Westberlin lag. Die Straße sah von Weitem genauso aus wie im Osten, nur dass die Torhäuser von Leuchtreklamen bekrönt wurden. Ich konnte SPIEGEL lesen und BILD. Ich stieg aus der Bahn, um B. zu besuchen, der gerade ausgereist war. Das war alles ganz selbstverständlich.

Über die Autoren und Herausgeber

Daniela Böhle, geboren 1970 in Köln, lebt seit 1999 in Berlin, wo sie als Lektorin und Autorin arbeitet. Sie hat zwei Kinder und den braunen Gürtel in Jiu Jitsu. Bis 2006 las sie jede Woche ihre Texte in der »Reformbühne Heim & Welt« vor, seitdem noch alle paar Monate. Ihr neuestes Buch ist die Anthologie »Die Letzten werden die Ärzte sein«. »10. November 1989, Köln« hat sie für diese Anthologie geschrieben.

www.daniela-boehle.de

Thomas Brussig, 1964 in Ostberlin geboren, seit 1995 freier Schriftsteller, Drehbuch- und Bühnenautor (u. a. »Helden wie wir«, »Sonnenallee«). Übersetzungen in 30 Sprachen. 2005 gründete er die Fußball-Nationalmannschaft der Autoren. »2006« ist ein Auszug seiner noch in Arbeit befindlichen Autobiografie, die unter der Annahme geschrieben wird, dass die deutsche Zweistaatlichkeit bis jetzt fortbesteht und Brussig in einer noch heute existierenden DDR lebt.

www.thomasbrussig.de

Kirsten Fuchs, geboren 1977 in Karl-Marx-Stadt, dem vormaligen und heutigen Chemnitz. Sie war Tischlerin, 2003 gewann sie den Wettbewerb »Open Mike«. Seit 2002 ist sie Mitglied und Gast verschiedener Lesebühnen wie »Marabühne«, »Chaussee der Enthusiasten« und Mitgründerin von »Fuchs und Söhne«. Sie hat Kolumnen für »taz« und »Das Magazin« geschrieben. Bei rowohlt Berlin sind zwei Romane erschienen, 2015 wird »Mädchenmeute« erscheinen. Ihre Lesebühnentexte werden bei Voland & Quist verlegt. »Der Nachtschrank« ist von ihr für diese Ausgabe geschrieben, dazu hat sie eine Auswahl aus ihren Tagebüchern von 1988 bis 1990 getroffen.

www.kirsten-fuchs.de

Annett Gröschner, 1964 in Magdeburg geboren, zog 1983 nach Berlin um und lebt dort als freie Schriftstellerin, Journalistin, Dozentin und Performerin. Bei »Nach Westen im Traum« handelt es sich um Auszüge aus ihren Traumbüchern, die sie seit 1979 führt. Sie wurden nur vorsichtig sprachlich korrigiert und teilweise gekürzt. In Wirklichkeit betrat sie erst am 10. November 1989 zum ersten Mal in ihrem Leben den Westen und erlebte ungefähr das, was sie am 19. November 1981 schon geträumt hatte, das Wort Biene-Maja-Aufkleber muss nur durch die Zeitung »Die Zeit« ersetzt werden.

www.annettgroeschner.de

Uli Hannemann, 1965 in Braunschweig geboren, veröffentlicht Geschichten in der »taz«, in Büchern und liest sie auf der »Reformbühne Heim & Welt«, bei »LSD – Liebe statt Drogen« sowie auf anderen Lesebühnen vor. Er lebt und arbeitet in Berlin-Neukölln. 2014 erschien sein erster Roman »Hipster wird's nicht«. »Wer jetzt schläft, ist tot« ist für dieses Buch entstanden.

www.ulihannemann.de

Christoph Hein, geboren 1944 im schlesischen Heinzendorf, dem heutigen polnischen Jasienica, Übersetzer, Essayist und einer der wichtigsten deutschen Schriftsteller, Ehrenpräsident des PEN. »Ein Brief an Sara, New York« erschien erstmals im »New York Times Magazin« am 17. Dezember 1989.

Jakob Hein, geboren 1971 in Leipzig, ist Berliner, Schriftsteller und Arzt. Seit 1998 Mitglied bei der »Reformbühne Heim & Welt«.

www.jakobhein.de

Falko Hennig, geboren 1969 in Ostberlin, gelernter Schriftsetzer, seit 1995 bei der »Reformbühne Heim & Welt«, seit 2000 freier Schriftsteller und Journalist, Romane »Alles nur geklaut« und »Trabanten«. Seit 2005 spielt er in der Fußball-Nationalmannschaft der Schriftsteller, seit 2013 organisiert er historische und literarische Stadtspaziergänge durch Berlin. »Kreislauf der Zeit« ist von ihm für dieses Buch überarbeitet und ergänzt worden und beruht auf einem Essay, der zuerst im niederländische NRC Handelsblad erschien.

www.falko-hennig.de, www.falko-hennig.blogspot.de

Manfred Maurenbrecher, 1950 in Westberlin geboren, Texter und Musiker. Sein Germanistik-Studium finanzierte er unter anderem als Bus-Reiseleiter. Er war Mitgründer der Musikgruppe »Trotz & Träume«, Auftritt im WDR-Rockpalast in der Markthalle Hamburg 1985. Knapp zwanzig CDs mit Liedern, zwei Romane, zwei Vorlese-Textsammlungen. Seine »Überlegungen zu Lutz Bertram« hat er Anfang 1995 für die »Reformbühne Heim & Welt« geschrieben und für diese Ausgabe überarbeitet.

www.maurenbrecher.com

Marlen Pelny, geboren 1981 in Nordhausen. Musikerin und Autorin. 2007 Lyrikband »Auftakt« (Connewitzer Verlagsbuchhandlung), 2013 »Wir müssen nur noch die Tiere erschlagen« (Voland & Quist). Stipendien der Kulturstiftung des Freistaates Sachsen und auf Schloss Wiepersdorf sowie Nominierungen für den Leonce & Lena Preis 2013 und den Münchner Lyrikpreis 2013. Seit 2012 Studium am Deutschen Literaturinstitut Leipzig. Als Musikerin veröffentlichte sie ihr Solo-Album »Fischen« (Kook), seit 2010 ist sie Teil der Band »Zuckerklub«. »Montag« entstand für »poetry mash«, in dessen Rahmen er 2013 im Centraltheater Leipzig aufgeführt wurde.

www.marlenpelny.wordpress.com

Alessandra Schio, geboren 1986 in Marsala, Sizilien. 2005 bis 2009 Studium der Kunstgeschichte in Pisa und Barcelona, seit 2009 lebt sie in Berlin unter anderem als Reinigungskraft, Bäckerin, Kellnerin, Buchhändlerin. Seit 2011 Masterstudium der Kunstgeschichte an der Freien Universität Berlin. 2012 Gründung des sozial engagierten Vereins

»die Teilnahmerei«. Seit 2013 ist sie freie Übersetzerin und Dolmetscherin für Italienisch, Spanisch und Deutsch. Sie hatte die Idee für dieses Buch.

Jochen Schmidt, geboren am 9. November 1970 in Ostberlin, Studium der Romanistik. 1999 Mitbegründer der Lesebühne »Chaussee der Enthusiasten«, bei der er seitdem wöchentlich neue Texte liest. Von ihm erschien u. a. der Roman »Müller hat uns raus« (2002, C.H. Beck) und das Lektüretagebuch »Schmidt liest Proust« (2008, Voland&Quist) sowie zuletzt der Roman »Schneckenmühle« (2013, C.H. Beck). Im Herbst 2014 erscheint das gemeinsam mit David Wagner geschriebene Buch »Drüben und drüben – Zwei deutsche Kindheiten« (Rowohlt). Die ersehnte Reisefreiheit in den Westen nutzte Jochen Schmidt für Recherchen zu »Gebrauchsanweisung für die Bretagne« (2004, Piper) und die lange verschmähte Reisefreiheit in den Osten für die »Gebrauchsanweisung für Rumänien« (2013, Piper)
www.jochen-schmidt.blogspot.de

Frank Sorge, 1977 in Berlin geboren und am längeren Ende der Sonnenallee aufgewachsen. Er hat einige Semester Germanistik, Philosophie und Klassische Archäologie studiert. Seit 2001 liest er regelmäßig auf den Berliner Lesebühnen und gründete 2003 mit Gleichgesinnten die Weddinger Lesebühne »Die Brauseboys«. Eigenständige Veröffentlichungen: »Brunnenstraße 3, Berlin« (Eichborn 2011), »Degeneration Internet« (Satyr 2014). »Hinreichend wiedervereinigt« hat er für diese Sammlung verfasst.
www.frank-sorge.de

Udo Tiffert, 1963 in Niesky in der Oberlausitz geboren, veröffentlicht seit seinem dreißigsten Lebensjahr Geschichten, Lyrik, Texte fürs Kabarett und liest auf Poetry Slams, Lesebühnen und in gemütlichen Bibliotheksstuben und Cafés. Von ihm erschienen neun Bücher.

www.udotiffert.de

David Wagner, geboren 1971, veröffentlichte u. a. die Bücher »Meine nachtblaue Hose«, »Was alles fehlt«, »Spricht das Kind«, »Welche Farbe hat Berlin« und zahlreiche Erzählungen im Independent-Verlag SuKuLTuR. Der Roman »Vier Äpfel« stand auf der Longlist zum Deutschen Buchpreis. Für »Leben« erhielt er 2013 den Preis der Leipziger Buchmesse. Erster Inhaber der Friedrich-Dürrenmatt-Gastprofessur für Weltliteratur an der Universität Bern 2014. Im Herbst 2014 erscheint – zusammen mit Jochen Schmidt – »Drüben und drüben: Zwei deutsche Kindheiten«.

Mehr Berliner Orte!

In den »Berliner Orten« nähern sich Autoren mit ihrem ganz eigenen Stil einem Ort, der für sie eine besondere Rolle spielt. Mal persönlich, mal historisch und immer ganz individuell zeigt die Reihe Berlin in seiner ganzen Vielfältigkeit und Kreativität.

Knut Elstermann
Meine Winsstraße
ISBN 978-3-89809-107-7

Brauseboys
Geschichten aus der Müllerstraße
ISBN 978-3-89809-108-4

Kurt Tucholsky
Westend bis Köpenick
ISBN 978-3-89809-109-1

Volker Wieprecht
Zwischen Kreisel und Kleistpark
ISBN 978-3-89809-119-0

Rolf Schneider
Bölschestraße
ISBN 978-3-89809-120-6

Hans Ostwald
Dunkle Winkel
ISBN 978-3-89809-121-3

www.bebraverlag.de

je 144 Seiten,
je 9,95 € [D]

be.bra verlag

Ein Schweizer erklimmt den Kreuzberg!

Till Hein
Der Kreuzberg ruft!
Gratwanderungen durch Berlin
256 Seiten, Paperback
ISBN 978-3-8148-0194-0
14,95 €

Als Till Hein von Basel nach Berlin zog, wusste er nicht, dass es hier auch Höhenzüge gibt. Nun lebt er auf dem Kreuzberg (66 Meter) und hat den Überblick verloren. Mit Schweizer Gelassenheit kämpft er sich tapfer durch die Täler und Schluchten der Großstadt und lässt den Leser an seinen Erlebnissen teilhaben. Dabei entpuppt sich Berlin immer mehr als das, was es ist: der Gipfel der Skurrilitäten.

»... ein herrlich subjektives und ehrliches Zeitbild der coolsten und zugleich ätzendsten Stadt der Welt.«
Badische Neueste Nachrichten

www.bebraverlag.de

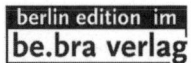